8
偵
已
死
語十
[皿]うみぼうず
U0028710

Contents

繪圖●うみぼうず

【來自未來的序章】

「這就是從爺爺大人的書房發現的東西。」

下午時分的白銀偵探事務所中，來訪的客人——諾艾爾・德・祿普懷茲遞出一張筆記本的書頁。坐在她對面的我、希耶絲塔與渚把視線都落到紙上的文字。上面寫著四個漢字，並且在旁邊附上讀音。

『虛空曆錄（Akashic records）』

我們三個人不約而同地轉頭互看。

「從書房裡還有發現其他幾十張筆記，不過每一張上面都是用世界不同國家的語言寫著研判是相同意思的詞彙。」

諾艾爾說著，又從包包拿出好幾張紙攤到桌上。雖然當中有很多我看不懂的語言，不過上面寫的應該全部都是相當於 Akashic records 的詞彙。

「這些筆記是布魯諾寫的對吧？」

我如此詢問後，諾艾爾便「應該沒錯」地點頭回應。

布魯諾過世後，諾艾爾在一個禮拜前整理布魯諾以前居住的宅邸時發現了這些東西，於是和我們聯絡。她表示希望給我們實際看看那些筆記，而臨時從法國來到了我們的事務所。

「現在這個世界變得很不尋常。」

偵探希耶絲塔啜飲一口紅茶後繼續說道：

「身為世界之智的布魯諾先生賭上他生涯的最後一段期間，將這點告訴了我們。」

大約兩週前，《聯邦政府》配合《大災禍》平息一週年的時機，舉辦了一場名為《聖還之儀》的和平典禮。然而在典禮中，布魯諾偽稱自己是來自《未踏聖境》(Another Eden)的人，對《聯邦政府》以及這個世界發動了反叛。

他在最後告訴我的犯案動機之一——是對沉浸於名為和平的溫吞安逸之中的人類提出警告。布魯諾表示，這個世界至今依然遺忘著某項很重要的事情。在臨死之際，他更預言近期之內必會發生危機。

我、希耶絲塔與渚三人，在那起事件之後嘗試獨自收集情報並持續調查，希望搞清楚此時此刻，究竟這個世界準備要發生什麼事情？

「而這些筆記就是他留下的線索，是嗎？」

另一位偵探——渚如此注視著布魯諾・貝爾蒙多留下來的這份遺產。「Akashic

records」是布魯諾在那場典禮上也曾說出口的神祕單字。然而我當時對這個詞感到疑惑歪頭，結果布魯諾臉上立刻露出了絕望似的表情。

「我想 Akashic records 恐怕是我們本來應該要知道的詞彙。」

但是卻忘記了。不只是我，包含偵探們在內的所有人都忘記了。

另外，布魯諾那天也向我提出過幾個問題，感覺彷彿在確認彼此之間認知上的相異處。例如關於「特異點這個詞所代表的意義」，還有「調律者的人數」等等。

「難道說，全世界人類的記憶被竄改過嗎？」

渚半信半疑地如此提問後……

「搞不好還不是那麼單純的事情。」

希耶絲塔提出了狀況或許更為糟糕的可能性。

「假如只是喪失記憶，只要參照什麼紀錄資料應該就能解決了。但是如果找遍全世界，都沒有留下那種紙本資料或電子檔案呢？」

「……真的會有那麼荒唐的事情嗎？」

不只是人類的記憶而已，居然連世界上的紀錄都被竄改過的意思嗎？

「布魯諾先生或許是透過某種方法復原了遺失的一部分紀錄，恐怕甚至運用了他所有的知識。」

而他如此努力復原的片段資料，就是這幾個文字的筆記嗎？

「要不要查查看字典？」

渚拿來一本厚重的字典，在大家面前攤開到桌上。

「我看看喔。Akashic records 是什麼？意思是記錄了自從宇宙或天地開闢以來的所有事物現象，亦即世界的記憶之概念……嗯～原來如此！」

「妳這樣感覺超笨的啊。」

被我如此吐槽的渚頓時「……嗚」地露出了尷尬的表情，並轉頭向希耶絲塔求助。

「我是原本就知道這個詞本身的意思啦。」

「妳就愛跟我炫耀！」

渚很不滿地用力搖晃希耶絲塔的身體。

「可是布魯諾先生想要表達的肯定不是那種意思。」

希耶絲塔安撫著渚，並重新看向布魯諾留下的筆記。

「我想這個《虛空曆錄（Akashic records）》應該不是字典上照本宣科的意思，而是具有什麼特別的意義。」

她提出這項假說後，現場一片沉默。

我們究竟……或者說這個世界究竟遺忘了什麼東西？

「爺爺大人應該是希望把這件事情託付給各位吧。」

諾艾爾抬起頭看向我們，接著又對她那張沙發旁邊的空位瞥了一眼。

「大約一個月前，爺爺大人就坐在這裡。當時他並沒有講出什麼很明確的內容。不過爺爺大人會特地到訪這裡與各位直接面對面，我想肯定是他希望向各位提出委託。他是以一名委託人的身分來到這間偵探事務所的。」

聽她這麼一說，我不禁回想起那天布魯諾忽然來訪的事情。

當時布魯諾儘管已經明白自己死期將近，也不辭海陸上萬公里的遠途前來拜訪偵探。為了讓偵探察覺即將到來，但誰也不知道的世界危機。

「我謹在這裡代替爺爺大人再次拜託，請各位務必拯救這個世界。」

諾艾爾對我們如此低下頭。希耶絲塔和渚互望一眼後，深深點頭。我在一旁看著這一幕，並請諾艾爾重新把頭抬起來。

「首先我們應該要掌握問題的內容。」

就算說要拯救世界，我們也不知道具體上究竟必須解決什麼問題。因此首先我們要搞清楚那個解決對象才行。

「總之現在發生的問題是，我們似乎遺忘了所謂的《虛空曆錄》。而且這個現象甚至有可能竄改了這個世界整體的紀錄。」

雖然後半部分還只是希耶絲塔的假說階段就是了。

「我們姑且先透過5W1H來思考吧。」

希耶絲塔這時如此提議。就剛開始著手的階段來講，這樣的確比較容易明白。

「關於 What 很直接，就是我們遺忘了《虛空曆錄》的事情。剩下是 When、Where、Who、Why、How。」

「那麼先從 When 開始想嗎？可是現在根本不知道我們是從『什麼時候』遺忘了《虛空曆錄（Akashic records）》吧？」

畢竟我們連自己遺忘了什麼東西都沒察覺到——渚如此表示。

「說得對。再來是 Where，不過關於『在哪裡』遺忘的，我想應該不是一個特定的場所。畢竟不可能把全世界人類都集中到同一個地方。」

希耶絲塔也一件一件地整理目前現行的問題。接下來是『誰』、『為什麼』、『如何』讓全世界喪失了關於 Akashic records 的記憶與紀錄。

「這個讓我們遺忘的『誰』，我認為非常有可能是《聯邦政府（我們）》的相關人物。」

諾艾爾這時對自己人提出懷疑。不過的確，既然布魯諾在人生的最後選擇與《聯邦政府》敵對，諾艾爾這樣的看法也是有可能的。

「若真如此，『為什麼』的部分會不會也跟《聯邦政府》扯上關係？例如要是我們保持關於《虛空曆錄》的記憶會對他們造成某種不方便，所以將記憶奪走了？」

「如果是那樣，政府又是『如何』奪走了我們關於《虛空曆錄》的記憶呢？」

明明應該是政府關係人的諾艾爾也蹙眉陷入深思。聽說她其實並非高官等級，因此有很多機密情報無法得知。從全世界人類的腦中只奪走特定記憶，那樣的手法真的存在嗎？

「還是從頭再一次仔細想想看吧。究竟我們的記憶與世界的紀錄是從『何時』開始出錯的？首先試著來查證這點。」

希耶絲塔說著，從沙發起身。

「具體來說要怎麼做？」

「那當然就是來聊聊往事囉。」

沒多久後，希耶絲塔捧著裝在盒子中的點心回來。結果諾艾爾立刻做出反應。

「哇，看起來好美味。」

「這叫濕仙貝。」

「日本的點心，我好有興趣呢。」

氣氛一下子就變得輕鬆起來啦。

「那就要配茶囉～」

接著連渚都跑到廚房開始泡綠茶。這裡應該是偵探事務所吧？

「不過我們從以前就大致是這樣了對吧？」

希耶絲塔對面帶苦笑的我露出微笑。

「無論遇上多麼嚴重的擔心事情，都盡量不讓氣氛變得陰暗沉重。絕不忘記隨口抬槓與喝茶休息。」

「……嗯，這麼說也對。」

距今七年前，我被希耶絲塔帶到世界各地流浪旅行，一同解決了許許多多的事件。

途中，也穿插著玩笑與幽默，用紅茶襯托出草莓蛋糕的甘甜。

於是我們享用著渚為大家泡的茶，同時我向諾艾爾提出了一個感到在意的問題：

「話說回來，那個木盒子究竟是？」

桌子上從剛才就放著一個諾艾爾帶來的桐木盒子。看起來應該不是要給我們的伴手禮之類。

「我本來就想說要找個機會跟各位講這件事呢。其實這似乎同樣是爺爺大人留給我的東西，說裡面裝有我小時候很喜歡的圖畫書。可是……」

諾艾爾面帶困惑地打開盒子。裡面裝的是一個呈現青銅色的小三角錐……某種雕塑品嗎？看起來很像什麼古老的祭祀道具。

「是從什麼國家買來的紀念品嗎？」

「不曉得。我甚至懷疑是不是給錯盒子了。」

……這就難說了。總覺得那個布魯諾應該不會搞錯這種事情。

「我可以拿起來看看嗎？」

希耶絲塔徵得諾艾爾的同意後，用手觸摸那個青銅色的神祕物體。拿起來嘗試用各種角度觀察，同時嘴上嘀嘀咕咕地呢喃著材質啦、什麼年代製作的啦，各種連假說都稱不上的推測。

那個像祭祀道具的玩意接著又傳到渚手中，最後也傳到我這邊來。指尖感受到又硬又冰冷的觸感。這到底是什麼東西？

「…………」

霎時，我腦中不經意閃過一段記憶。

我忍不住就這麼僵硬了一段時間，結果其他三個人都疑惑地歪頭看向我。

「抱歉，要聊過去的事情是吧？」

我如此說著，把話題拉回來。

我們的記憶究竟是從什麼時候開始出錯的？為什麼會把關於虛空曆錄與特異點或者除此以外的其他事情都忘記了？為了從過去尋找線索，現在必須要回溯我們的記憶。

「但是回想過去又要從什麼時候開始回想？果然還是從那場《大災禍》開始嗎？」

渚放下茶杯，如此提議。

「嗯～或許再早一點也可以吧？例如從我睡著的那段時間。」

結果希耶絲塔提出了兩年前的那段日子。

當然，希耶絲塔睜開眼睛後，我們也有把那段時期發生的事情講給她聽過。不過她或許認為把剛才提過的這些問題放在腦中重新回想一次，或許會有什麼新的發現。而我對這點也感到贊成。

「那麼果然還是要從那件事情開始講起吧？」

渚說著，不知為何半瞇著眼睛注視我。

「就是那個呀，君彥搞劈腿的那段時期。」

「誣賴得也太過分啦。」

不過哎呀，我知道渚在講什麼就是了。

「哥哥搞劈腿的事情嗎？好像很有趣。」

「諾艾爾，我記得應該已經禁止那個稱呼方式了吧？」

「哦？助手搞劈腿的事情。我非常有興趣。」

「希耶絲塔，妳別在那邊擦滑膛槍啊。」

然而好巧不巧的是，我自己認為應該要講的內容也正是那段往事。於是我把剛才那個像祭祀道具的東西放下來，開始回想距今約兩年前那段時期的經歷。

「那是打倒席德，然後希耶絲塔陷入沉睡後過了三個月的事情。」

從現在要開始的，是一段為了找尋《虛空曆錄（Akashic records）》的線索而前往過去的時光之旅。

【第一章】

◆今天的主角就是我

「小唯，生日快樂！」

夏凪一聲祝福的同時，好幾枚拉炮爆出聲響，接著又是拍手鼓掌的聲音。

「嘿嘿，謝謝大家！」

在齋川家豪華燦爛的餐廳中，今天的主角齋川唯看著面前的蛋糕，綻放滿面笑容。

「來吧，唯，快吹蠟燭。」

坐在旁邊的夏露如此催促，於是齋川把插在蛋糕上的十五根蠟燭一口氣吹熄。

今天正是齋川唯十五歲的生日派對。

「沒想到真的可以跟大家一起慶祝，我好開心呢。」

齋川有如在細細體會什麼感受似的，將雙手握在胸口前。

「畢竟我們有約好要為妳舉辦生日派對嘛。雖然說遲了一天就是了。」

大約三個月前，在場這四個人為了某件事情前往新加坡時提過這項約定。然後就在今天——同時也是聖誕夜的十二月二十四日，這場約定好的生日派對於齋川家實現了。

「昨天在生日演唱會上受到粉絲們祝福，今天又有渚小姐、夏露小姐跟君塚先生來我家，這樣乾脆每天都過生日好了！」

齋川看著夏凪與夏露切蛋糕的模樣，開心地擺動著雙腳。

「要是每天都過生日，轉眼間就會變成老太婆囉？」

「放心吧，君塚先生。偶像只要過了十八歲就不會再變老了！」

齋川比著Ｙａ的手勢，道出這般莫名其妙的理論。真希望她就算長大之後也能永遠保持這樣的活潑、可愛與一點點的狂妄。

後來我們四個人享用著蛋糕，夏凪卻忽然「啊，對了」地翻起背包，拿出一個東西。

「小唯，給妳。生日禮物！」

「啊，我也有準備。雖然我不太清楚送什麼比較好就是了。」

除了夏凪之外，態度有點畏縮的夏露也拿出精心包裝的禮物送給齋川。

拆開包裝，裡面分別是馬克杯與幾種款式的髮飾。齋川用雙手拿起那些禮物，露出開心的表情。

「我現在就拿來用！用渚小姐送的馬克杯喝咖啡歐蕾，然後戴著夏露小姐送的髮飾繼續參加派對！」

她如此表示後，家中的女僕們便立刻按照齋川的期望手腳飛快地做好準備。用新的大腸髮圈把頭髮綁成馬尾的齋川，一臉愉悅地喝著咖啡歐蕾。

「我就說妳不用擔心了吧？」

夏凪對鬆了一口氣的夏露如此說道。看來她們兩個人是一起去挑選禮物的。順道一提，那場聚會並沒有找我。

「然後呢？呃，君塚先生是？」

齋川用視線對我瞄了又瞄。

她要是懷抱過度的期待我也很傷腦筋啊……於是我從包包中拿出一個小包裹。

「外國小說、嗎？沒想到君塚先生竟然會送這麼正常的禮物。」

「這是翻譯版，妳可以放心去讀。還有妳別在這種事情上表現出今天最驚訝的態度啊。」

齋川輕笑一聲後，「我很開心」地把那本書抱在胸口。

「這麼說來，君塚，你以前和大小姐也做過這樣的事情呢。」

就在這時，夏露回憶過去似地托著腮如此說道。

「互相借書或電影DVD，然後一起討論感想之類的。」

「哦哦，那是希耶絲塔提議的。她說藝術會隨著欣賞的人不同而有相異的答案，因此欣賞同一部作品再互相評論，可以加深對作品的解讀。」

雖然說，總覺得最後好像都只有我會得到新的啟發就是了。

「原來如此，怪不得從這本書可以感受到過去女人留下的影子。」

「齋川，不要講那種會招致誤解的發言。希耶絲塔才不是我過去的……總之不是那樣。」

「不是過去的女人，而是現在的女人嗎……」

「為什麼夏凪要喪氣啦？」

說到底，明眼人都可以看得出來我和希耶絲塔之間從來沒有過那樣的關係。我就這麼獨自「嗯嗯」地點頭，並吃了一口蛋糕。

「怎麼莫名黏膩啊。」

我趕緊抓起杯子，用咖啡的苦澀沖淡甜味。

「其實如果希耶絲塔小姐也能一起參加這場派對，該有多好呢。」

齋川不經意地望著自己的手如此呢喃。

「……啊，對不起。我講了多餘的話。」

她接著又趕緊收回發言，沮喪地垂下肩膀。

「怎麼？唯覺得只有我們還不夠嗎？」

結果察覺氣氛不對的夏露開著玩笑搓搓齋川的肩膀，夏凪也跟著說道：

「別擔心。明年小唯的生日……一定會實現的。」

「……嗯！」

夏露與夏凪帶著微笑，齋川也恢復精神重新把頭抬起來。

「話說，從那件事之後已經三個月了，感覺好快呢。」

齋川所謂的「那件事」應該是指新加坡的事情吧。距今大約三個月前，我們這四個人在《聯邦政府》的召集下一起出國到了新加坡。在那裡，我與夏凪見到了政府高官的艾絲朵爾。然後當時會談的內容是——

「沒想到妳真的當上了《名偵探》。」

夏露微微揚著嘴角看向夏凪。

沒錯，就在三個月前，夏凪被艾絲朵爾正式認定為《調律者》的一員。希耶絲塔的《名偵探》職位，現在是由夏凪渚接任。

「講真話，夏露對於我變成現在這樣有什麼想法？」

夏凪與夏露，這兩人最初的邂逅非常糟糕。她們是在一次豪華郵輪之旅中相識。當時對於宣告自己要繼承希耶絲塔遺志的夏凪，夏露表現出強烈的反彈。

不過到了現在……

「之前沒說過嗎？現在的我以妳為榮呀。」

後來我們一同經歷了許多危機，而對於夏凪有時候甚至不只是比喻而真的賭上性命搏鬥的精神，夏露做為一名特務向她致上了最高的敬意。

「……是喔。嘿嘿，是喔是喔。」

夏凪咧嘴露出微笑，把手伸向坐在她對面的夏露，想要用手指戳她臉頰。

夏露嘴上叫著「妳別這樣」把身體扭開，不過看起來並不是真的討厭那樣。

「君塚先生，我覺得這裡好像綻放著美麗的百合花呢。」

「感情融洽是好事。」

在她們這麼嬉鬧的時候，我依舊默默吃著蛋糕。嘴巴裡面始終是化不掉的甜味。

「不過當上了《名偵探》之後，我還沒做過任何新工作就是了。」

夏凪有點尷尬地聳聳肩膀。

自從四個月前，名為《原初之種（席德）》的危機解除後……或者說自從夏凪成為《名偵探》之後，她目前都還沒接到任何新的使命。反過來講，這也許表示目前還沒有發生什麼嚴重到需要《調律者》出面的危機吧。

「我會不會果然只是被當成一個花瓶呀？因為《名偵探》的位子空出來了，所以就暫時讓我頂替之類的。」

似乎感到難以接受的夏凪鼓起了腮幫子。

「但以前諾契絲小姐不是也說過嗎？下一任《名偵探》應該會指名渚小姐。既然如此，怎麼可能是什麼花瓶呢……」

「可是呀，那時候畢竟在我體內還有那孩子吧？」

夏凪對齋川如此說明。她口中的「那孩子」就是指海拉，前《SPES》的幹部。我們也曾因為她強大的力量而陷入苦戰。然而身為夏凪另一個人格的海拉在與席德交戰中，最後長眠於一棵名叫尤克特拉希爾的巨樹之中了。

因此現在夏凪並沒有當時那樣強大的力量，終究是以一名普通人的身分被任命為《調律者》的。

「就連艾絲朵爾也認定妳是《名偵探》啦。妳可以再稍微有點自信吧？」

「你真的這麼認為？我根本不曉得那個面具底下究竟在想什麼呀。」

夏凪似乎回想起那位如冰雕人偶般的高官，如此表示。

「我猜想，她會任命我為《名偵探》肯定有什麼意圖。」

「妳說艾絲朵爾在背後……另有企圖？」

「雖然只是連推理都稱不上的直覺而已啦。不過就算政府真的有什麼意圖或隱瞞著什麼事情，我也會努力讓自己成為貨真價實的《名偵探》，讓他們將來有一天會真心想要求助於我。」

夏凪帶著精悍的表情如此重新宣言。

「妳真的願意這樣嗎？」

結果夏露最後再向夏凪確認。

「妳不是只有繼承大小姐的意志而已，而是按照妳自身的意志，決定要這麼活下去嗎？」

「嗯，這不是代理偵探。因為這就是我的人生。」

夏凪把剪短的頭髮撥到耳後。從底下露出的側臉隱約透露著她內心的覺悟。此時此刻能夠在她身邊，讓我感到無比驕傲。

「這樣呀，那我也會從遠方為妳祈求成功。」

夏露輕笑一聲後，啜飲紅茶。然而她這樣的講法聽起來簡直就像……

「其實我又要暫時離開日本了。」

「特務的工作嗎？」

「是呀，我要稍微去一趟戰亂地區。」

這就是夏洛特・有坂・安德森的人生，也是她的日常。雖然我們曾經抱著相同的目的互相合作，不過既然共通的敵人《ＳＰＥＳ》已經被擊敗，如今我們和夏露之間已經沒有繼續一同行動的理由了。特務又將趕赴下一個戰場。

「為什麼偏偏是你露出那樣不太甘願的表情啦？」

沒有啊？

我只是想說這下終於不用再跟妳無聊的爭執鬥嘴而已。

「君塚先生，男人的傲嬌不流行喔。」

我忍不住向如此對我表示傻眼的齋川哀求起來：

「總不會連齋川都說要離開到哪裡去吧？」

「啊哈哈，我目前暫時都還會留在日本啦。但畢竟偶像工作有點休息太多了，從今後要更加努力才行呢！」

的確，不久之前齋川還因為在《ＳＰＥＳ》相關的一連串事件中參與過多，對她身為一名偶像的生活造成了很大的障礙。

不過從今以後……

「夏露和小唯都有各自要回去的場所，我們不可以拖住人家啦。」

夏凪如此柔和地訓斥我。

我們的戰鬥已經告一個段落。從現在起是新的出發點。

──不過……

「不過關於君塚先生的那項心願，我們誰都沒有忘記喔。」

齋川青藍的慧眼看穿了我心中想要講出來的話。

不知不覺間，夏凪與夏露也都注視著我。

「是啊，要進入終章還太早了。」

直到將來有一天實現那個心願之前，我們的故事都不會結束的。

◆聖夜的 Lost memory

後來派對又持續了一段時間，到了晚上九點半之後才解散。

除了齋川以外的其他人各自踏上歸途，我則是攔下一臺計程車，先繞到一間勉強還沒打烊的西式糕餅店。在店內買了草莓蛋糕與蒙布朗蛋糕後，又坐上我拜託暫停在路邊的計程車，前往真正的目的地。

「看在旁人眼中，我簡直像個誇張的甜食狂啊。」

我回想著剛剛在派對上吃過的甜膩蛋糕，坐在車後座不禁露出苦笑。即便如此，對現在的我來說依然有個一定要送蛋糕過去不可的對象。

十分鐘後，抵達目的地的我獲得特別許可進入了那棟建築物。

搭乘電梯來到三樓，走在即便燈光幽暗也已經很熟悉的走廊上，到最深處的房門前。敲門三下，沒有回應。但基於禮貌，我還是會這麼做。要不然此刻在這扇門內的那傢伙應該會生氣吧。

拉開滑門後，我踏入那女孩正在沉睡的病房。

只有皎潔月光照入室內的個人病房中，睡美人正躺在床上。我莫名有種不敢開燈的心情，於是只點亮了間接照明燈。

「希耶絲塔，會不會很刺眼？」

前《名偵探》——希耶絲塔。過去曾經確實一度與我死別，後來在夏凪賭上自身的性命下復活了幾個禮拜，然而後來又再度進入沉睡的，我原本的搭檔。為了抑制侵蝕心臟的《種》失控，抱著深信有一天能找到方法得救的希望，希耶絲塔已經在這間病房中持續睡了三個月。

「草莓跟栗子，妳要哪一個？」

我把買來的蛋糕都放到床邊的桌上。

今天是十二月二十四日，聖誕夜。希耶絲塔從以前就非常注重這類的季節性活動。因此我想最起碼也要買個蛋糕過來才行。

「妳可別又說兩邊都要吃喔？至少留一個給我吧。」

希耶絲塔沒有給我回應，只是舒舒服服地睡著。唉，怎麼會有人睡得這麼幸福啊？

我不經意看向枕邊的櫃子，上面裝飾有看起來應該才剛換過的鮮花。恐怕是諾契絲今天也有來探望時換掉的吧。當然我們也有邀請諾契絲一起來參加齋川的派對，但她卻表示已經另有約定而婉拒了。看來她是不希望讓希耶絲塔孤單一個人的樣子。

這下被她搶先啦。既然這樣，就算我沒來，妳也不會感到寂寞吧？

「是不是這樣，希耶絲塔？」

終究還是沒有回應，所以我無從得知現在的希耶絲塔究竟在想什麼。儘管如此，唯獨今天，我還是無論如何都要來這裡一趟。

這是因為從前，忘記哪一年聖誕節留下的記憶。

『你回來啦，助手。』

幾年前的聖誕夜。

當我回到我們當成活動據點的飯店時，房間裡莫名其妙被裝飾成了聖誕節樣式。而且……

『但是也太晚囉。我都吃掉一半了。』

一個人吃著整塊蛋糕的希耶絲塔，頭上戴了一頂紅色三角帽。

『我可是代替妳去完成委託工作喔？』

當時的我看著何止吃掉一半、根本只剩三分之一的蛋糕，忍不住嘆氣。

結果希耶絲塔忽然『來，給你』地遞給我一個精心包裝的包裹。我打開一看，裡面裝的是手帕。看來這是所謂的聖誕禮物。

『我什麼都沒準備啊。』

『沒差，我本來就沒有期待你這方面的表現。』

希耶絲塔講得倒是乾脆。

她對我講話不留情已經是家常便飯，看起來並沒有特別生氣的樣子。

『雖然是難得的蛋糕，但這麼晚的時間攝取咖啡因也不太好吧。要不要喝可樂？』

『……嗯，好呀。』

然而就在這時，我察覺到了。正因為我們平常老是一起相處，所以讓我察覺出來了。這位無時無刻都沉著冷靜的名偵探，現在嘴唇稍微嘟起了僅僅幾公釐。她對於我沒有準備禮物的事情並沒有生氣……而是感到沮喪。

『要不要我現在去買些什麼？』

『店家都已經打烊啦。』

『要不然明天出門去哪裡逛逛吧。』

『聽說明天這附近一帶會遭到龍捲風直擊喔。』

『我的不幸體質也到了極致啊……既然這樣……』

『還有什麼其他選項嗎？』

面對微微挑起視線的希耶絲塔，當時的我回答：

『明天聖誕節，妳可以自由使喚我一天。』

這個提議如果比喻得可愛一點，就有點像小孩子從給母親的肩膀按摩券或是幫忙家事券之類的感覺。然而對我來說，限定一天之內對希耶絲塔言聽計從可是極為破例的白金級票券。什麼禮物都沒有準備的我，腦中能夠想到的就只有這個方案了。

可是希耶絲塔聽到我的提議後眨眨眼睛，接著笑出來說道：

『那難道是所謂「聖誕禮物就是我呦」的東西？』

對她這句話，當時的我是怎麼回應的？

是回罵她一句『吵死了』，還是忍不住有點慌張失措？

唯一可以確定的是，那時候希耶絲塔笑了。在迎接聖誕節的那一天，希耶絲塔和我在一起笑了。只有這點是千真萬確。

「蛋糕，我先放到冰箱去囉。」

我將過去的回憶重新關上蓋子，取而代之地打開冰箱門。

結果容量很小的冰箱中卻已經塞滿了各種水果與點心。夏凪她們也經常會過來這裡。

「妳還是老樣子，這麼有人望啊。」

我想說應該總會有人拿去吃掉，而勉強在冰箱中騰出一個位子把蛋糕放進去。

接著坐到圓椅上，再度看著希耶絲塔的睡臉。

在皎潔的月光下，她可睡得香甜，也不知道究竟有沒有發現我現在在這裡。還是說，她正在做什麼更有趣的夢呢？

「妳好歹也應個一聲吧？」

從那件事之後已經過了三個月，稍微講點話應該也不為過吧。就算罵我幾句或者多多少少的失言我也可以容許，要跟我講「你是笨蛋嗎」也行。所以，妳好歹開個口如何？

「沒啦，開開玩笑。」

我這幽默的小玩笑讓希耶絲塔露出了微笑。

什麼？她其實從一開始嘴角就是這個角度了？

這肯定是那個啦，在夢中的我講了什麼令人捧腹大笑的笑話惹希耶絲塔笑的。

「嗯，已經這個時間了。」

時刻來到晚上十一點。我抱著些許的留戀，留下一句「我會再來」代替「聖誕快樂」並站起身子。

總有一天，我會讓希耶絲塔從漫長的沉睡中醒來。

這是我現在唯一的心願，也是這段故事的終點。

◆新一代的正義使者（女主角）之名

「奇怪，為什麼已經十二點了？」

我走出病房確認一下手機，日期竟然已經是二十五日了。

確實啦，我後來又覺得想要稍微再看看希耶絲塔的臉而重新坐了下去是事實。雖然回憶了一下往事，又想了一下今後的事情，但沒想到居然就這麼過了一個小時。

再怎麼說也應該要回家才行了。已經過十二點的今天，我從早上就有預定行程。還是快點沖個澡快點睡覺比較好。於是我趕緊走向電梯……可是……

「故障嗎？」

不知道為什麼，我怎麼按下樓按鈕，電梯都不理我。

明明兩個小時前還在正常運作的說，突然壞掉也太奇怪了。難道因為過了十二點，所以暫時停機到早上嗎？無可奈何的我只好走向樓梯。

「唉，真是討厭的體質。」

我把這樣的不幸怪罪到自己容易被捲入麻煩的體質上，並走下幽暗的樓梯。現在這個時間，院內只有點亮最低限度的燈光。再加上「醫院」這樣的場景襯托下，讓人感覺有點發毛。

我加快腳步走下樓梯。五階、十階、二十階。在月光透進窗內的轉角平臺處不經意抬起頭，忽然察覺不太對勁。

「希耶絲塔的病房應該在三樓吧？」

不會錯。這幾個月來，我已經來過好幾次了。

可是現在這狀況是怎麼回事？

我看著轉角牆壁上的樓層標示，疑惑歪頭。

「為什麼我還在三樓？」

從希耶絲塔的病房所在的三樓應該已經往下走了很多的我，卻看到樓層標示還是三樓。我頓時寒毛直豎。

「……拜託饒了我吧。」

我不知對著誰自言自語地抱怨後，兩階併一階地往下衝刺。接著又來到一處轉角平臺看看樓層標示——三樓。再往下衝。平臺的樓層標示是——三樓。繼續衝下樓梯——四樓。

「四樓？」

我腦袋出問題了嗎？還是說這間醫院當初其實是出自某位新銳建築設計師之手，被蓋成了一間機關屋嗎？我為了在一片迷霧中尋求真相而繼續衝下樓梯，或者轉頭衝回樓上，卻始終都得不出答案。

季節明明是大冬天，我的額頭卻汗流不止。現在我究竟在什麼地方，又是朝著哪裡去？就在這時，我忽然感覺到背後有個氣息。

我不想回頭——雖然腦中這麼想，但身體還是不自覺地轉向後面。眼前看到的是一片漆黑，然後——從黑暗之中**伸出了被染成鮮紅色的手**。

「這裡什麼時候變成鬼片的世界啦！」

如果說擅長對付懸疑狀況的人是偵探，那麼擅長對付驚悚狀況的又是誰？能夠打倒妖魔鬼怪的究竟是什麼人？靈媒師嗎？神社祭司嗎？驅魔法師嗎？我為了逃離那隻鮮紅的手，轉身衝上樓梯。對，這次我就確實不斷往上爬了。

最後來到樓梯頂端，一扇鐵門映入眼簾。我彷彿要用全身撞上去似地推開那扇門。屋外的空氣流過我臉頰邊。這下總算從靈異現象中逃出來——

「——啥？」

下個瞬間，我眼前是一片夜空。

緊接著，下面是一整片的夜景。

此刻我正緩緩朝著那片景色跳下去。

身體霎時有種飄浮感。

自己究竟發生了什麼事？我只知道——自己正往下掉落。

「抓住！」

是誰的聲音？

雖然不曉得，但至少可以理解那是在對我講的話。

同時從黑暗之中乍現一道明亮的水藍色光芒。

我不自覺把手伸向那道光，結果抓到一根棒狀的物體。我的體重一口氣壓到上面，頓時往下沉。然而那根發出水藍色光芒的棒子依然緩緩把我往上拉回來，最後我的身體跌落到一塊堅固的地面上。

「……吁、吁。」

我呼吸急促，汗流浹背。在輕微的暈眩中，轉頭環顧周圍。

這裡是——醫院頂樓？我究竟到這裡來想做什麼？

「準備跳樓自殺嗎？」

自己得出的答案讓我忍不住全身顫抖。當然，我不可能是自己想要從頂樓跳下去。想必是剛才的神祕現象誘導我這麼做的。

「差不多冷靜下來了嗎？」

少女的聲音傳來。

就是剛才叫我「抓住」並且對我伸出發光棒子的人物。

我轉頭到處尋找，結果少女「這邊啦，這邊」的聲音從頭上傳了下來。

她坐在一座水塔上。

黑暗之中浮現著水藍色的光芒。是她衣服的一部分以及她握在手上的手杖發出的光。剛才我就是被那東西救了一命。

「……哦哦，自從上次在紐約的《聯邦會議》以來，好久不見啦。」

月光照亮少女的臉蛋。

我接著對她問道：

「為什麼妳會在這裡──莉洛蒂德？」

◆第六感奇幻劇

「百鬼夜行。」

在仰望夜空的醫院頂樓，莉洛蒂德對於我提出的「剛才那個究竟是什麼？」這樣一個抽象的問題如此回答。

「意思說，那就是引發剛才那個奇異現象的原因？」

「對，你遭遇到的就是那上百隻鬼怪之一。」

故意用比較通俗的講法如此形容的莉洛蒂德，不知為何看著我用鼻子笑了一聲後，開始概略說明。她所說的《百鬼夜行》是適應現代的無數妖怪、鬼魂或精靈所引發的怪異現象之總稱，似乎是目前在這個日本發生的《世界危機》。但就算她這麼解釋，我還不是很能理解。

「那麼像飛頭蠻、河童或是廁所的花子同學也是那樣嗎？」

「那種太過出名的傳說已經不會被列在百鬼之中了。只有還沒完全扎根於這個世界的惡鬼們會一而再、再而三地出來作亂。」

原來如此。不過照她這個講法，代表《百鬼夜行》已經不是第一次發生了。

「這種危機從以前就不時會發生在世界各地。從過去的紀錄到未來的預測，都有像這樣整理成一份資料。」

莉洛蒂德說著，打開手上一本厚重的書籍翻閱起來。那本書看起來就像什麼漫畫或動畫中會登場的魔法書一樣。然後說到動畫，她本人同樣也像是從那樣的作品世界中跑出來的存在。

「封印那個《百鬼夜行》就是莉露現在的工作。」

她把書闔上後，將魔法手杖抵在地面上。

莉洛蒂德——自稱「魔法少女」。

我和她的初次邂逅是在距今三個多月前的《聯邦會議》上。在那場會議中與風

靡小姐、米亞以及希耶絲塔大肆互鬥了一番的，就是這位《調律者》少女。

她的外貌乍看之下真的有如從奇幻世界中跑出來的魔法少女，但仔細觀察可以發現她身上的服裝以及手中的手杖都莫名有種近未來風格的感覺。或許應該說是魔法與科學的混合體吧。

「然後呢？剛才那個具體來講是什麼樣的怪異現象？」

不管走了多久，樓梯都一直延續而離不開醫院，又有神祕的鮮紅手臂試圖把我拖進黑暗之中。被那手臂追逐的我，最後還差點從這個頂樓跳落下去。

「原因就在你身上。」

結果莉洛蒂德忽然把眼睛瞇了起來。

「你在內心期望能夠一直待在這裡對不對？所以才會被那傢伙盯上了。」

「怎麼可能？我反而巴不得離開這種深夜中的醫院快點回家……」

……不，不對。再更早一點。我的確有期望過能夠稍微繼續留在這間醫院。留在希耶絲塔的身邊。

「簡單來說，剛才那是當有人強烈期望不想離開這個場所時就會被詛咒而離不開建築物的現象。有個惡鬼對這棟建築物本身下了那樣的詛咒。」

名為《寄生靈》（Parasite）——莉洛蒂德如此說道。

那也就是說，只要想像成有個類似地縛靈的傢伙附身於這棟醫院本身是吧？要是我剛才真的跳樓身亡，我自身就會一起加入那個詛咒的循環之中。這樣講起來感覺就像時有耳聞的都市傳說。

「換言之，原因就在你對那位名偵探的重量級情感啦。」

「別講得好像妳親眼見過一樣。」

她總不會其實一直監視著我之類的吧？

「那麼做為一名《調律者》，妳要如何處理這個危機？」

我剛才所體驗到的怪異現象，要是讓它繼續存在下去，恐怕又會出現跟我一樣的犧牲者。

莉洛蒂德聽到我這麼問，便說了一句「用這個」，並亮出一塊木製的符板。那玩意乍看之下像是一般會立在墳墓旁的板塔婆，上面寫有符文般的東西。

「這似乎是以前的《陰陽師》留下來的東西。雖然說現在那個職位已經不存在啦。」

「意思說那原本是《調律者》的職位之一嗎？」

「對，而莉露的工作只要依循前例處理就好，這次的狀況算是很輕鬆的。」

她說著，倏地消失身影，飛到水塔上面又立刻回來。大概是把木頭符板放到上面去吧。那玩意恐怕就是前《陰陽師》留下來封印《百鬼夜行》用的道具。

「好啦，結束了。」

「真該感謝過去的英雄們啊。」

不過直至今日，種種《世界危機》還是會像這樣不為人知地在世界各地發生。那麼不久之後《名偵探》肯定又會接到新的使命。到時候，我能夠為夏凪幫上什麼忙嗎？

「總之謝謝妳啦。抱歉，給妳添麻煩了。」

我想起自己還沒對莉洛蒂德道謝，於是如此表達謝意。要是沒有她，真不敢想像自己現在怎麼了。

「別在意啦，小事一樁。」

莉洛蒂德用手撥了一下她橙色的長髮。雖然沒有表現出得意洋洋的樣子，不過舉手投足間都洋溢著滿滿的自信。她的年紀應該跟我差不多才對，但確實看起來非常成熟。

幾個月前在《聯邦會議》上初次見面的時候，我還以為她是個愛跟人吵架、有女王氣質的少女。然而現在面對面交談可以發現，她似乎意外地是個有常識的正常人。

「好啦，你接下來要怎麼做？」

用手杖「咚、咚」敲了兩下自己肩膀的莉洛蒂德如此詢問我。

「對於救了你一命的莉露，你要如何表示心意？」

「……妳難道在要求我報恩？」

唉，我明明好不容易在心中對她懷抱好印象的，這下又被糟蹋了。

「正義使者難道不是基於無償的愛幫助一般草民嗎？」

「一般草民？哪裡有那樣的人？」

莉洛蒂德故意左右張望。看來我並不包含在令人憐愛的小市民之中。

「妳要我做什麼？」

「你來當莉露的使魔。」

魔法少女舉起手杖對我一指。

那是她在幾個月前的會議中也有講過的發言。雖然當時不是由我本人，而是希耶絲塔出面拒絕就是了。

「老實說，《百鬼夜行》在《世界之敵》中算不上多強大的對手。尤其跟你們交手過的《原初之種（席德）》相比起來根本不算什麼。」

莉洛蒂德接著向我說明《世界危機》根據其嚴重程度分成了幾個等級。其中《名偵探》以前對付的《原初之種》，假如要給個等級似乎算是A級危機。相對地《百鬼夜行》只有C級程度，也就是現在馬上會對地球造成重大危險的可能性很低的意思。

「即便如此，莉露還是希望能早早把這份工作結束掉。就算一個一個的敵人都不算強大，但數量實在太多了。所以莉露需要你的存在。」
「不是我要自誇，我的腦袋可沒有像名偵探或情報屋那麼聰明，也沒有像暗殺者或吸血鬼那樣強大的力量喔？」
「那種事情莉露也知道。」
是喔，那妳為什麼偏偏要找我——正當我想這麼問的時候，忽然察覺了。
「當誘餌嗎？」
莉洛蒂德這才第一次揚起嘴角。
「正確答案。你具備能夠吸引各種災禍降臨的特殊體質。所以要利用那個體質引誘敵人上鉤，然後莉露就可以迅速解決掉了。」
「我好像在哪裡也聽過這個理論。」
過去的既視感讓我不禁抱起頭來。這下狀況可變得麻煩了。
「這同時也是身為《特異點》的你應該負責的使命呀。」
莉洛蒂德瞇起眼睛看著我。
特異點——至今我已經聽過好幾次這個詞了。據說是在某些時候能夠改變這個世界的既定形式，甚至顛覆《巫女》預言的異常因子……

「很抱歉，我沒什麼那樣的自覺。即使到現在，跟我講是容易被捲入麻煩的體質我還比較能理解。」

「唉，沒想到本人倒是挺悠哉的呀。」

莉洛蒂德就像遇到什麼難教的小孩子般露出無奈表情。

「莉露雖然也不是知道全部，但只要做這種工作，想不聽說也很難呀——關於《特異點（你）》的存在。」

「怎麼，原來我在這世界上這麼有名氣啊。」

「莉露不懂你為什麼要一臉得意啦，不過實際上就是如此。你有可能成為世界的轉捩點，想要得到你的人可不只有莉露。其他《調律者》們也曾盯上過你。」

看來在我本人都不曉得的時候展開過一場君塚爭奪戰的樣子。而最後的贏家是《名偵探》，也就是希耶絲塔吧。

「唉，原來她那麼想要把我放在自己身邊啊。真是教人傷腦筋的傢伙。」

「為什麼你要忽然傻笑啦？」

莉洛蒂德感到莫名其妙地看向我，接著又「總之現在的重點是」地言歸正傳：

「這次要輪到莉露來利用你了。你可要好好幫忙莉露的工作。」

「關於那項提議，之前希耶絲塔不是已經拒絕過了嗎？」

「那個名偵探現在不就在這間醫院裡睡午覺嗎？莉露可沒閒功夫去聽一個正在

睡覺的人講夢話。」

更何況——莉洛蒂德說著，把手杖轉了幾圈後，這次換成將握把前端指向我的喉嚨。

「莉露和你之間的上下關係，應該已經很明顯了吧？」

「正義使者的錄取測驗也太鬆了。」

這種危險人物為什麼可以當上《調律者》啦？

我對這樣不講理的狀況無奈地聳聳肩膀，深深嘆一口氣。

「……為什麼？」

結果是莉洛蒂德發出這樣疑惑的聲音。

「為什麼在這種狀況下你還笑得出來？」

看來我似乎在不自覺中露出了笑容的樣子。莉洛蒂德對此感到很奇怪，或者應該說有點被嚇到似地把手杖縮了回去。

「也沒什麼啦。只是我認識一個傢伙，以前也用跟妳類似的方法把我拉攏為夥伴。」

那傢伙當時也跟剛才的莉洛蒂德一樣指著我的喉嚨，不，甚至把食指都伸進喉嚨，逼迫我接受委託。如今那傢伙也成了《調律者》，而且是我重要的搭檔。這也是一種巧合，不，應該說造化弄人吧。

「不過這麼說也對，我確實欠妳一個恩情。」

而且這想必也能成為對今後的一種訓練。《名偵探》應該很快會接到新的使命，到時候在那女孩……在夏凪身邊輔佐她就是我的工作。因此趁現在跟在其他《調律者》身邊學習各種知識，肯定對我也有好處。

而且我具有名叫《特異點》的體質。在對這點抱有自覺的狀況下，與莉洛蒂德一同挑戰《世界危機》將會發生什麼事情——我或許也有必要先搞清楚。

「不過有一點我想跟妳確認清楚。」

我如此詢問後，莉洛蒂德默默地要我繼續講下去。

「假如我協助妳的工作，妳應該會保障我的性命安全吧？」

以前同樣有個偵探拉攏我成為自己的工作夥伴。而她帶我踏上流浪世界之旅前，曾發誓過無論今後發生什麼事情都會守護我。

「唉，你講的話可真是天真呢。」

結果莉洛蒂德態度一變，瞇著眼睛朝我瞪來。

「一旦踏上戰場，自己的性命就要自己保護。這是常識吧？」

「是誰打算把我硬拖到戰場上的？」

「不然這樣吧，如果你成為莉露最可愛無比的寵物，那麼要莉露保護你也可以。」

唉，這飼主——不對，這雇主講的話可真是亂七八糟。

「其實這把手杖，也可以變形成頸圈和牽繩呦。」

「為什麼妳要用一個把人當寵物為前提的武器啦？」

「手手。」

被她這麼一說，我只好無可奈何地跪下來，把自己的手放到她伸出來的手心上。

「好乖，做得不錯呦。」

莉洛蒂德接著摸摸我的頭。總覺得自己好像要打開什麼通往新境界的門扉了。

「話說君彥。」

「一下子就直接叫名字啦？」

回到現實的我站起身子。

「你也可以用『莉露』稱呼莉露喔。」

「真是莫名其妙的交換條件。」

「把手機借給莉露一下。莉露幫你輸入聯絡方式。」

哎呀，畢竟今後如果要互相合作，也必須知道聯絡方式吧。

於是我拿出自己的手機交給莉洛蒂德。

「我可以問妳一件事嗎？」

我對跑到稍遠處操作著我手機的莉洛蒂德，提出我一直想要問問看的事情：

「為什麼妳要叫《魔法少女》啊？」

幾個月前的《聯邦會議》上，莉洛蒂德曾經說過。以前那個職位的名稱是叫《魔術師》，不過在她上任時改稱為《魔法少女》了。

「其實也沒什麼很重大的理由啦。只是——」

結果莉洛蒂德把我的手機拋過來還給我。

「因為莉露以前認識一個女孩，很喜歡看魔法少女的動畫。」

就只是這樣——莉洛蒂德說完後，轉身離開。

我不經意抬頭仰望的夜空中，星光感覺比平常更加閃耀了。

◆基於愛情喜劇的表面話之上

與莉洛蒂德那場邂逅之後，疲憊不堪的我一回到家便倒頭大睡了。

等到下一次再睜開眼睛，是因為放在枕頭邊的手機響個不停的緣故。

「……嗯啊，喂？」

我用乾枯的喉嚨發出呻吟，同時抬頭望向牆上的時鐘。

短針與長針恰巧重疊在十二的數字上。

『……喂？』

從電話另一頭傳來的聲音充滿怨恨。是夏凪打來的。

我立刻全身彈了起來。

其實我今天原本預定從上午就要跟夏凪見面，但現在早已超過了約定時間。當然並不是我忘記這件事，而是昨晚的疲憊讓我忍不住賴床過頭了。

「呃，怎麼說？電車誤點啦，我現在正要趕過去那邊。」

『你剛才的聲音完全是剛睡醒喔？』

被抓包了。總之我先邊講電話邊朝洗手臺走去。

『人家從十一點就在等你的說。』

「我記得碰面時間不是十一點半嗎？」

『……我偶然早到了嘛。』

會有人偶然提早三十分鐘到嗎？

「抱歉，我馬上過去。妳有沒有乖乖待在溫暖的地方等我？至少找間咖啡店喔，被奇怪的男人搭話也不要理會喔。」

『又來了，偶爾會出現的過度保護君塚。』

夏凪輕笑一聲後，表示『我等你』，並掛斷電話。就在這時，我發現手機有收到訊息，是莉洛蒂德傳來的。

內容說她今晚八點要去巡邏《百鬼夜行》。昨天不是才剛解決過一件嗎？——我如此想著，並回應對方如果時間來得及就會過去。畢竟我跟夏凪的事情不知道會搞到幾點才結束，這樣總比回應「能去就去」這種老套的敷衍話來得好吧。

後來我匆忙整裝完成離開公寓，二十分鐘後抵達碰面地點的車站旁咖啡廳，看到夏凪坐在整面玻璃的靠窗吧檯席。她接著發現在外面的我，便急忙把杯子放到餐盤回收處，然後披上外套走出咖啡廳。

「我還以為被你放鴿子了。」

她來到我面前嘟起嘴巴。總覺得她今天的嘴唇好像比平常還要紅，整體的化妝都很鮮明，還有服裝也是……

「妳今天看起來還真成熟啊。」

「就不能老實稱讚人家漂亮嗎？」

面對豎起眉梢的夏凪，我又「抱歉來晚了」地重新致歉。

「算了，沒差啦。倒是君塚，你看起來一如往常呢。」

她把我從頭到腳仔細觀察一遍。其實連我都覺得自己的服裝毫無變化，連個整髮劑都沒有抹。這是把趕時間放在優先考量所造成的結果。

「話說，今天我們會合的理由……」

聽到我如此開口，夏凪忽然把臉別開。

「就只是要一起玩而已，是吧？」

「……嗯，呃，是沒錯啦。」

明明當初是夏凪約我見面的，她自己卻露出莫名尷尬的表情。然而她發現我盯著她，又著急地繼續說道：

「但是我也有講過理由吧？就算說一起玩，但這終究是偵探與助手之間必要交流的一環呀。」

嗯，我知道啦。例如三年前，我和希耶絲塔一邊工作或達成使命的同時，偶爾也會放鬆心情好好地玩一場。那通常都是出自希耶絲塔的提議，不過她說正因為彼此是性命相託的搭檔，所以為了減少互相摩擦，特別安排這樣的時間是很重要的事情。

然後最近我向夏凪提起了這樣的往事後，她就說既然現在我們成為了新偵探與助手的關係，是不是也要安排這樣的機會比較好。

「仔細想想，如果排除工作時間，我們幾乎很少私下一起見面吧？」

「是啊，而且就算見了面，通常也是跟齋川、夏露或諾契絲在一起。」

因此我能理解夏凪主張的理論，也帶著接受的心情來到這裡。

然而，唯有一點讓我無論如何都感到很在意。

「但是非要選在今天才行嗎？」

今天是十二月二十五日，聖誕節。用不著特別去尋找，滿街都能看到成對的男男女女。這樣我和夏凪不就看起來也像……

「嗯，除了今天以外都不行。我直到五年後的預定都排滿了。」

「妳是哪來的超級巨星啦？」

唉，既然她說非要今天不可，我也沒辦法。

那我們就走吧——我如此說著，稍微伸了個懶腰。夏凪則是「嗯」地輕輕點頭後，莫名滿足地走到我左邊。

接著，她一瞬間看起來準備舉起右手，但猶豫之後又放了下去。

「妳剛才是不是想舉起右手又放下去了？」

「你就不能裝作沒看到嗎！」

◆聖誕誓約

首先在夏凪帶路下，來到的是位於一間飯店內的甜點吃到飽餐廳。

限定時間為九十分鐘。夏凪手腳俐落地把想吃的甜點一個接一個夾進盤子，排列到桌子上像個女高中生一樣拍了張照片後，便帶著幸福的表情開始吃了起來。

「真虧妳昨天才吃過蛋糕，今天還能吃那麼多甜食啊。」

我坐在她對面的座位上用湯匙舀起咖啡凍。

「咦？君塚不是也喜歡吃甜食嗎？」

「沒有到那樣甜食狂的程度啦。雖然經常會陪希耶絲塔一起吃就是了。」

「哦～怪不得。」

夏凪暫時停下手，莫名地點點頭。

「畢竟你提到的往事大多都是跟希耶絲塔在吃甜點，所以我還以為你很喜歡吃甜食呀。」

「別講得好像我每次都一直在講希耶絲塔的事情一樣。」

我忍不住如此吐槽，但夏凪卻「是喔是喔」地用認真的表情，拿出一本筆記簿。

「君塚沒有那麼喜歡吃甜食，不過跟希耶絲塔相關的時候不在此限。」

「後半句是多餘的。妳不如給我寫說與其蛋糕還比較喜歡吃濕仙貝。」

後來夏凪又繼續詢問我對吃東西的喜好等等，寫到筆記簿中。這或許也關係到所謂偵探與助手之間的相互理解吧。

「反倒是你都沒有什麼想問我的事情嗎？」

「說得也是——妳平常都是用什麼牌子的洗髮精？」

「我覺得你交不到朋友的原因，大概跟你的不幸體質沒有關係吧。」

後來我和夏凪繼續愉快聊天並享受了蛋糕吃到飽，接著來到近處的一間保齡球館。

入館登記，換好鞋子後，我拿了一顆十三磅的球。

「夏凪平常會來這種地方玩嗎？」

我對同樣做好準備，正在擦一顆九磅球的夏凪如此搭話。但是……

「我正在集中精神，你先別跟我講話。」

「太不講理了……」

她一臉認真地站在球道前，朝約二十公尺前方的球瓶擲出保齡球。

咚、滾滾滾、哐啷哐啷。球瓶倒下了，然後……

「六支呀。不過既然對手是君塚，應該沒問題吧。」

「妳對於自己在講我壞話的事情完全沒有自覺對不對？」

就這樣，我和似乎認真想要贏過我的夏凪拿出真本事比了一局。結果是……

「騙人……」

夏凪仰望著記分板，目瞪口呆。

相對於她九十多一點的分數，我則是差一點就拿到一百五十分。

「君塚，你難道對這種東西沒有很遜嗎！」

「總覺得妳好像對我有很嚴重的偏見，但我在設定上可不是什麼運動白痴喔？」

只是一直以來拿來比較的希耶絲塔太過異常而已。

「難不成君塚其實腦袋還算不錯，身體也有鍛鍊到一個程度，容貌雖然缺乏活力但五官端正，又意外地很可靠。咦……」

「喂，第二局要開始囉。」

我和夏凪的交流強化日繼續，打完保齡球後又到同一棟設施中的電玩中心，再到商業設施購物，到餐廳享用義大利餐，不知不覺間時間已經過了晚上八點。

我們差不多準備解散而走向車站的時候，眼前看到一片用銀白色燈飾點綴路樹的景色。

「好漂亮。」

吐著白色氣息的夏凪瞇起眼睛欣賞這片聖誕節限定的景色。我也站在她旁邊，一起望著這片燈海。

「呃，『妳比較漂亮』呢？」

「原來你在等我講喔？」

要期待我表現得像少女漫畫中的男主角，我也很傷腦筋啊。

「我認為多誇獎一下女孩子不會有壞處喔？」

「這麼說也是啦。我下次會記得。」

我想這大概也是相互理解的一環，而姑且記憶到腦中的筆記簿。

「然後呢？夏凪有達成妳原本期待的目的嗎？」

也就是減少偵探與助手之間的認知差距。雖然我們今天一起度過了一整天，不過我總覺得彼此的交流上似乎跟以往沒什麼特別的改變。

「嗯～我對於你的認識，好像沒有自己原本所想的多呢。」

夏凪望著前方，臉上露出苦笑。

「不管是你喜歡吃的東西，或者真正擅長的事情，我其實都知道得不多。但這些事情，那女孩全部都知道吧。」

夏凪講的「那女孩」是誰，不用說也心知肚明。

「雖然那傢伙對於我這些情報並沒有看得很重要就是了啦。」

「真的嗎？我覺得如果她現在在這裡，應該會跟我大肆炫耀呢。說什麼『關於助手的事情我全部都知道喔』之類的。」

「妳模仿得倒是挺像嘛。」

夏凪輕輕笑了出來，但接著又恢復認真的表情。

「你和希耶絲塔之間，想必累積了很長一段時間。有經驗，有羈絆。我知道這種事情不應該拿來比較，也沒有自卑的意思，只是就事實來看，我和你之間的關係果然還是比不上那女孩。」

不過呀——夏凪說著，把頭轉向我。

「我不會放棄。不會放棄理解。我要理解你更多事情，也要讓你理解我更多，讓偵探與助手的關係變得比現在更深……我沒有別的意思喔？單純只是希望我們能夠更加理解、更加信賴彼此──我希望與你成為那樣的搭檔。」

寒風吹過，讓夏凪戴的耳環輕輕搖曳。那是我剛剛在逛街途中發現而買給她的禮物。

「妳希望能夠知道我更多的事情？」

「嗯，因為你這個人真的非常奇特呀。」

她看著我的臉輕輕一笑。這反應跟我想的不太一樣啊。

「這麼奇特又奇怪的人，肯定找不到第二個。所以我不會放過你。」

夏凪說著，微微把臉別開。

然而她的右手輕輕捏著我的衣袖。

現在回想起來，當初我會答應希耶絲塔的邀請，跟她一起踏上世界之旅，大概就是這樣的理由吧。那個名偵探奇特到不行，奇怪到不行，給我一種難以言喻的魅力……讓我不知不覺間想要知道她更多事情，而被她帶往了自己未知的世界。

然而到頭來，我根本沒有主動去理解偵探。只會告訴自己既然她沒有講肯定有什麼意義，而勉強說服自己接受，除了她主動給予的情報之外就沒有再探求更多。

我當初完全不知道希耶絲塔究竟是什麼人物，實際上是和什麼對象在戰鬥，眼中又看著什麼樣的未來——殊不知到了旅途的終點，竟有如此強烈的後悔等著我。

當然並不是說假如我知道那些事情就能讓一切變得順利，但至少我不能對自己的無知沒有自覺。這是我這半年來學到的教訓，因此——

「我也想要知道更多關於偵探……關於夏凪的事情。」

夏凪頓時抬起頭來，微微張著嘴巴。但就在明白我這句話的意思後，她再度露出微笑對我問道：

「你繼續當希耶絲塔的助手沒有關係。不過從今後，你願意同時當我的助手嗎？」

她原本抓著我袖口的右手，重新朝我伸了過來。

「好，讓我當妳的助手吧。」

我的兩隻手，還有一邊是空的。

於是我用右手握住夏凪的手。

「「…………」」

就這樣，兩人沉默了一段時間。

一方面也因為是冬季夜晚，夏凪的手不出所料地冰冷……不對，似乎比想像中來得燙。而且感覺也有點在流手汗的樣子，不過這有可能其實是我流的汗，所以我還是避開不提了。

「夏凪，妳幹麼搖手？」

「……沒為什麼呀？」

總覺得這下好像變成了單純握手以外的意義，然而看著夏凪現在的表情，我也不忍心把手甩開。至於是什麼表情，我就不刻意講了。

「君塚，那個……」

「嗯？」

夏凪一副欲言又止地開闔嘴巴，反覆三次同樣的動作。

「其實，本人有話要對你說。」

為什麼要用敬語啦——雖然我很想這麼吐槽，但看到現在的她也講不出這樣多餘的發言。

「應該說有話要講嘛，或者應該說變得忍不住想講了……」

夏凪下定決心似地用力深呼吸後，注視著我的臉。

我有種預感，她準備要講出什麼決定性的發言。可是……

「可是，果然不應該現在講吧。」

她說著，輕輕放開右手。

「畢竟現在還不公平呀。」

如此表示的她露出傷腦筋似的笑臉，不過那絕不是對一切感到悲觀的表情。只是現在還不到那個時候。即便沒有講出具體的內容，我想她肯定還是講出了自己目前能講的最大限度。

因此我只有「這樣啊」地簡短回應。我一瞬間忍不住想像，假如是夏凪喜歡的少女漫畫中登場的男主角，像這種時候究竟會怎麼回答？但不管怎麼說，我由衷慶幸自己不是什麼故事中的主角，要不然現在肯定會被全讀者臭罵是個優柔寡斷的廢物而群起撻伐吧。

「所以說，這些話的後續等以後改天再說。」

「具體來講是什麼時候？」

「那就要看君塚的表現囉？當然也要看我的表現啦。」

……嗯，這麼說也對。所謂改天，就是當我們的心願全都實現的那天。

一切都要等那位睡美人從漫長的午睡中醒過來再說。

我再度眺望眼前染成一片銀白色的燈海，想像著那樣的未來。

「嗯，沒問題。等長大成人之後總有一邊會變得比較坦率吧。」

「夏凪，雖然我沒有聽得很清楚，但妳是不是小聲立了什麼奇怪的旗標啊？」

◆解謎要在女主角競逐賽之後

偵探與助手間稍微不同於往常的一天就這麼準備落幕。若只看今天一天，並沒有產生什麼很大的變化。不過藉由現在小小的磨合，假如能夠預防將來有一天重大的別離，那麼意義就很重要了。

「今天謝謝你喔。」

抵達車站後，夏凪如此對我道謝。

「下次可以再約你見面嗎？」

「可以啊。雖然說，再過兩個禮拜就會在學校見面了啦。」

「呃，過完年之後高三是自由出席喔？」

……這麼說來好像沒錯。我對學校實在沒什麼興趣而忘記這回事了。

「話說君塚，你畢業後有什麼打算？要上大學還是找工作？」

「妳別跟我討論將來的事情。我還想繼續當個伸手就有飯吃的小孩子。」

「呃不，這已經不是多遙遠的將來，而是近在眼前的事情呀。」

夏凪說著，一臉無奈地嘆氣。

妳叫我要好好面對現實才行，是嗎？

「妳可以靠推薦去私立大學了對吧……準備得真周到。」

「畢竟我這三個月都有好好用功念書呀。又不像你。」

夏凪講的話太正確，讓我只能夠閉嘴了。真要講起來，我這段日子就是太過鬆懈了。都是因為和《原初之種（席德）》的戰鬥結束，希耶絲塔又進入沉睡，讓我的現實生活一下子變得平靜下來的緣故。

沒錯，對我來說的現實生活一直以來都不是什麼學校、考試或就業，而是在一萬公尺高空前方的非日常世界。那樣的日子一旦結束後，我對自己的人生就怎麼也難以湧現出具有真實感的想像了。

「夏凪上的那間大學，也有開放一般入學考試嗎？」

「咦？嗯，我記得好像在二月中旬。」

即便如此，明明和我是相同境遇的夏凪卻有好好在計畫自己的將來。既然這樣，我也……

「喂，君塚，你有沒有聽到什麼聲音？」

夏凪這時忽然中斷話題，踮起腳尖望向遠方。

從遠處的確有傳來某種騷動聲，而且是近似尖叫的聲音。隨之而來還有巨大的聲響——這是機車嗎？當我注意到這點時，一臺黑色的大型重型機車已經入侵到車站前面。我趕緊抱住夏凪保護她。

「啊，身體好結實，而且還有一股好味道……」

「很高興妳沒被嚇到啦。」

我隨便放開夏凪後，看向那名機車騎士。那個人摘下大型安全帽，結果似曾見過的一頭橘色秀髮從裡面散了出來。

「原來是妳啊，莉洛蒂德。」

我對她瞪了一眼，但這位魔法少女卻一臉不悅地反過來嗆我：

「你在這種地方鬼混什麼？莉露不是聯絡你要八點集合嗎？」

她講的應該是去巡邏《百鬼夜行》的事情吧。話雖如此，但我應該也沒回應她一定會過去才對。

「為什麼妳會知道我在這裡？」

「當然是靠魔法的力量囉。」

莉洛蒂德說著，轉動她拿在手上的手杖。

「我看妳八成是靠GPS對吧？就在昨天說要幫我輸入聯絡方式而把我手機拿走時偷偷設定的。」

「怎麼，看來你也不笨嘛。雖然察覺得有點慢就是了。」

她接著把另一頂安全帽拋給我。

「上車，好恐怖好恐怖的鬼怪又出現啦。」

「按日期來講光是今天就第二次了……敵人也真忙啊。」

我雖然無奈垂頭，但還是準備乖乖戴上安全帽。

「等、等一下呀。君塚，這到底怎麼回事？你跟我解釋清楚。」

然而現場還有一名完全在狀況外的人物。夏凪看看我又看看莉洛蒂德，表現得非常困惑。這麼說來，她們兩人還是初次見面啊。

「她叫莉洛蒂德，跟妳同樣是《調律者》，職位是《魔法少女》。」

我確認附近沒有其他人（雖然剛才那陣騷動導致一些人從遠處圍觀就是了）之後，小聲對夏凪如此說明。

「基於某些理由，我現在變成這傢伙的寵物了。」

「什麼樣的理由會讓你成為寵物給女孩子養啦？」

唉，說來話長。

接著就在我準備把夏凪也介紹給莉洛蒂德認識的時候……

「妳就是新上任的《名偵探》？」

莉洛蒂德用銳利的眼神看向夏凪。

可以清楚感受到，現場氣氛霎時變得冰冷起來。

「莉露有聽過傳聞了。說有個傢伙根本什麼能力都沒有，只是恰巧空出一個位子就享受特別待遇當上了《調律者》。那種只會被世界百般疼愛的人，真是討厭。」

幾個月前的《聯邦會議》上，莉洛蒂德也對希耶絲塔講過類似的發言。說她對於無論怎麼逾越規矩都能靠命運或緣分帶來奇蹟，受盡世界疼愛的那種人感到很不順眼。

才一見面就遭到對方如此惡意對待的夏凪霎時畏怯，接著又露出很不高興的表情。不過……

「這麼說來，當初夏露好像也對我講過同樣的話呢。」

深呼吸一口後，夏凪切換了心情似地對著莉洛蒂德宣誓：

「沒關係，現在別人要怎麼講我都可以。但我總有一天會交出成果。我會完成《名偵探》的使命給大家看。」

她所謂的使命，具體來講是什麼？

擊敗新的《世界之敵》嗎？還是實現我們的那項心願？莉洛蒂德同樣在試探夏凪的真意般瞇起眼睛。

「是喔，雖然那種事情跟莉露沒有關係就是了。」

然而這位魔法少女一副現在不想討論這種事情似地轉身離開。接著……

「話說回來，這個人我帶走了。」

我在不知不覺間衣領被她一揪，屁股就坐到機車後座上了。相對於「咦！」一聲朝我伸手的夏凪，莉洛蒂德則是……

「那麼妳的前男友莉露就借走囉。」

油門全開。

機車載著兩個人，咻地穿過夏凪旁邊。

「你抓好。」

莉洛蒂德握著機車手把，而我抓著她的腰際。

在路上行人們的注視中，機車伴隨巨響往前疾馳。毫不在乎法定車速，也不把對向來車的喇叭聲當一回事。在車道上左右穿梭，簡直有如什麼動作片電影。

我不禁無奈感慨《調律者》是不是大家都這個樣子，但立刻又想起身為《巫女》的那位少女是完全相反的個性。這兩人在《聯邦會議》上同樣吵過一架，不過既然個性差這麼多，會起爭執也不難理解。

「你呀，會不會貼得太緊了？」

莉洛蒂德這時忽然表現出對後座的我感到在意的態度。

我只是拚命不讓自己被甩下車而已啊。

「你難道是個裝成乖寶寶但其實很會對人性騷擾的類型？」

「過去的經驗讓我學習到，交流互動對於工作夥伴來說是很重要的。」

「歷代名偵探們到底是教了你什麼東西啦？」

就在這樣愉快的對話告一段落後。

「然後呢？妳說敵人出現是真的嗎？」

「對，是《黑衣人》發現的。現在我們要去的地方有一隻加入了《百鬼夜行》的鬼怪。」

「連這種事情都是《黑衣人》的工作喔？不愧是便利屋。」

本來在《聯邦憲章》的規定中禁止《調律者》之間互相幫忙，不過《黑衣人》基於其職位工作的性質上，似乎可以供其他《調律者》們自由使喚。

「妳還真是崇尚效率主義。」

我對莉洛蒂德這麼表示。不只是《黑衣人》的事情，也包括她使用前《陰陽師》留下來的道具，甚至利用具有特殊體質的我。

「是呀，畢竟沒時間停下腳步。」

莉洛蒂德當然連頭也沒轉過來，毫不介意地如此篤定說道。

那麼總是馬不停蹄往前衝的魔法少女，究竟想要往什麼地方去呢——我們之間還沒有建立起足夠的關係可以詢問這種問題，更不用期待會得到答案。

現在的我只能坐在機車上，跟著她在夜風中疾馳了。

◆Magical Miracle Girl's Action

「那是、什麼啊？」

我抵達現場後，忍不住盯著眼前的景象。

一棵巨大的日本冷杉被當成聖誕樹設置在購物中心的廣場，上面點綴有各種裝飾。而在頂端處**吊著一個像是被白布套著頭的人形物體**。

「是《晴天娃娃》。」

隨便找個地方停下機車的莉洛蒂德，走到我旁邊如此呢喃。

「這是對那個看起來像白布人偶的東西的通稱，也就是引起《百鬼夜行》的鬼怪之一。」

「……原來不是有人上吊啊。」

我不禁鬆一口氣而垂下肩膀。

「重要的是，把頭低下。」

「頭？……呃喂！」

我的頸部忽然感受到一股力量，是莉洛蒂德的右手硬把我的頭壓了下去。我只能讓視線看著自己的腳、「妳幹什麼！」地表示抗議。

「不要跟它對上眼睛。」

莉洛蒂德簡短對我做出指示。既然專家這麼說，想必有其意義吧。於是我暫且把視線從那棵杉樹移開……結果又察覺另一項不對勁的地方。

「為什麼大家都沒有注意那個玩意？」

此刻應該還吊掛在樹頂的那東西明顯很異常，但是廣場上的人們卻彷彿都沒看見那東西似的，純粹只是把那棵杉樹當成普通的造景裝飾眺望欣賞或拍照留念。

「君彥，你相信幽靈嗎？」

「既然都有外星人了，也不得不相信幽靈啦。」

畢竟大約二十四小時前，我就實際目擊過類似幽靈的存在。

「說得也是。你和莉露能夠看見的那個東西，在很多人眼中是無法看到的。幽靈、惡魔、魑魅魍魎——這個世界上確實存在著諸如此類位於境界線上的東西。」

莉洛蒂德依舊沒有把視線轉向杉樹，而是環顧著周圍對我如此說明。想必她至今身為《魔法少女》已經遭遇過各式各樣這類型的敵人吧。

「意思是說我在不自覺間也來到了境界線的這一側是嗎？」

與希耶絲塔那三年的旅行中，我持續接觸了各種非日常的世界。結果似乎讓我的感官變得能夠認知到那些**隙縫間的存在**了。

「你的狀況應該是打從出生的那一刻起就這樣了啦……」

如此表示的莉洛蒂德忽然把視線停留在某一點，注視著遠處的一名年輕男子。

那個男子好像用空虛的眼神眺望著天空。

「不對，是看著樹上。」

當我察覺這點的時候，男子臉上已經浮現恐懼的表情。

他看見了那個《晴天娃娃》。

「喂！放著那個人沒關係嗎？」

「不要騷動。要是有越多人把《晴天娃娃》認知為恐怖的對象，就會讓它做為靈異現象的等級提升得越高。」

可是就在莉洛蒂德這麼說明的過程中，男子看起來明顯在對什麼東西感到畏懼，身體好像都開始發抖了。

「那個人到底看見了什麼？難道不是我起初看到那個套著白布的人偶嗎？」

「《晴天娃娃》能夠自由改變樣貌呀。」

莉洛蒂德不知何時拿出了上次那本魔法書。難道書中寫有《晴天娃娃》的詳細資料嗎？

「跟那東西對上眼睛的人物，會從那塊白布上看到自己覺得最恐怖的幻影。所以那個日本人現在肯定也是把《晴天娃娃》看成他最害怕的東西了。」

「既然這樣，現在可不是冷靜分析的時候啊。」

就在這時，一道白色影子瞬間閃過我的視野角落。約兩公尺長的那傢伙接著迅捷地改變角度，朝年輕男子的方向高速移動，緊接著便傳來短促而低沉的慘叫。不會錯，那個人被《晴天娃娃》襲擊了。

「……！君彥，你要去哪裡！」

莉洛蒂德斥責的聲音從拔腿衝去的我背後傳來。但現在沒有時間繼續悠哉等待了。

「要是人的恐懼心越強烈，那玩意就會變得越強大不是嗎？那就應該盡快把它處理掉啊！」

我朝著《晴天娃娃》以及被追逐的男子奔去。

至少我知道像這種時候，換作夏凪的話絕對不會止步不前。我聽著莉洛蒂德大叫「你等等！」的聲音越來越遠，同時在腦中思考阻止那個奇異現象的方法。

「面對幽靈要如何戰鬥啊……」

畢竟我不可能平時就隨身帶槍，因此現在也是手無寸鐵。再說，我實在無法想像物理性的武器會對幽靈管用。搞不好念珠或鹽巴還比較能派得上用場——我腦中想著這些事情，並繼續追逐那名男子與《晴天娃娃》。

話說回來，這敵人可真奇妙。《晴天娃娃》飄浮在半空中追著跑在前方的男子，但臉部卻朝著反方向……也就是對著後方的我。簡直就像在主張它追逐男子的同時也絕不會放過我的樣子。

不知不覺間，我們進入了一條四下無人的夜路。不過既然敵人的視線不放過我，那我也接受挑戰。為了不要在這裡迷失目標，我即使轉過好幾個轉角也拚命跟在後面。總之現在無論如何都必須追上那個人和那隻幽靈………

「為什麼我會知道那傢伙看著我？」

我腦中不經意浮現這項疑問。《晴天娃娃》的頭部一直都套著白布，因此本來應該連哪邊是正面或背面都難以分辨才對。然而我卻不知道為什麼，能夠認知到那傢伙注視著我。

對，我現在和《晴天娃娃》正互看著對方。

「這裡是什麼地方？」

回神時發現自己在一處漆黑工地的我，轉頭環顧四周。

這裡除了我和《晴天娃娃》之外看不到其他人影，最初應該在前方被追逐的年輕男子也不見了。簡直就像連那名男子都是《晴天娃娃》讓我看到的幻影一樣。啊啊，原來如此──我這才總算察覺了。

「我從一開始就跟那傢伙對上眼睛啦。」

飄浮在數公尺前方的《晴天娃娃》忽然「唰！」地展開白布，讓布料的顏色、形狀甚至大小都自由變化。最後出現在我眼前的……

「是你啊，參宿四。」

全長五公尺左右，看起來有如巨大爬蟲類的怪物。沒有相當於眼睛或耳朵的器官，只是張開著大嘴，發出機械噪音般的低沉聲音。

這隻怪物大概就是我在無意識間感到最恐怖的敵人吧。畢竟那是曾經奪走希耶絲塔性命的傢伙，說起來也理所當然。

「不過，終究只是這傢伙啊。」

那是早已結束的故事。

這隻怪物早就被勇敢的戰士們擊敗了，根本不是我如今需要出面交戰的對手。更何況，我知道那只是幻覺。

「閃到右邊。」

霎時，一道閃光飛去，刺中那隻惡夢般的怪物。

結果那傢伙伴隨低沉的呻吟變回原本蓋著白布的人偶，看起來痛苦地浮游在空中。

「你是笨蛋嗎？」

那聲音讓我忍不住回頭。

我一時以為自己看到了令人懷念的身影。

但是錯了，我知道。那個人不會在這裡。

「謝啦，莉洛蒂德。」

我不是對舉著滑膛槍的偵探，而是對握著手杖的魔法少女如此道謝。

「這就是你的壞毛病。」

莉洛蒂德說著，朝我走過來。

「明明沒有作戰計畫也沒有解決問題的能力，就只會有勇無謀地往敵人面前衝。」

她用手杖的角狠狠戳著我的臉。這莫名地，或者應該說非常地痛。

「我原本那位雇主可是三不五時就要求我先衝鋒陷陣啊。」

「原來如此，那還真是讓人有點同情你呢。」

莉洛蒂德微微揚起嘴角，把手杖縮回去。

「不過告訴你一個好消息。從今以後，那些全部都是莉露的工作了。」

「我不是僱來打架的看門狗嗎？」

「你只是一隻鼻子靈敏的家犬（寵物）。能夠把敵人引誘出來就足夠了。」

如此表示的莉洛蒂德已經沒有看著我。

她銳利的雙眼瞪著我背後的虛空。

我轉頭一看，在那裡的是**從展開的白布底下長出大量利刃**的《晴天娃娃》。

「嗚！原來還沒結束啊？」

就在我這麼呢喃的瞬間，《晴天娃娃》全身的利刃彷彿可以看到空氣斬似地發射出來。

「趴下！」

乍聽之下還以為是命令小狗的這句話，似乎是對我發出的警告。莉洛蒂德抱住我身體，讓我趴倒下去。結果我的臉幾乎硬生生地撞在滿是碎石的地面上。

「……這樣反而傷害比較大吧？」

「那可不一定。你看。」

同樣把臉撞在地上的莉洛蒂德緩緩坐起身子，指向剛才我們站的地方。那裡留下了彷彿被什麼巨大刀刃刨開地面的痕跡。再加上這裡是工地，大量的鋼筋「噹噹噹！」地倒落在我們旁邊。假如這些都不是幻覺……

「總不會是颳起了旋風之類的吧？」

「雖然拿其他的怪異現象來比喻或許不太恰當，不過就是類似鐮鼬的東西。《百鬼夜行》能夠偽裝成自然現象對現實世界做物理干涉。」

「原來如此。話說莉洛蒂德，雖然妳一臉認真地為我解說，但妳鼻血流出來囉？」

應該是因為剛才整張臉撞在碎石地面上的關係吧。莉洛蒂德露出有點尷尬的表情，拿出面紙擦掉鼻血。看來她是真的沒注意到。

「……這點小事不算什麼啦。」

搞不清楚在對誰辯解的她慢慢站起身子。不過緊接在那樣緩慢的動作之後……

「那麼，該是來收拾的時間囉。」

莉洛蒂德的身影瞬間消失。

等我的眼睛再次看見她時，魔法少女已經奔馳於夜空中。

不知是靠科學或魔法的力量，每當她的鞋子踏在虛空，就會描繪出星形的紋路讓她自由飛舞。面對那樣的魔法少女，白色人偶《晴天娃娃》架起從布中伸出的大量利刃。

「莉洛蒂德，剛才的攻擊又要來了！」

她穿的鞋子恐怕是以前希耶絲塔也使用過的特製鞋，或者更高性能的玩意。只要靠那雙魔法鞋，即便在半空中肯定也能躲開敵人的攻擊。

我本來是這麼想的，可是……

「不，那樣效率太差了。」

魔法少女的表情一變。

烈風的空氣斬劃破夜空。莉洛蒂德卻直朝風刃衝去。衣服與肌膚當場被劃開，不及閃避的部分濺出鮮血。

簡直有勇，但必非無謀。

足以造成致命傷害的空氣斬都被她用握在手中的手杖破壞。就這麼穿越了波狀攻擊的魔法少女，最後站在空中的反派面前。

「很抱歉，莉露可沒時間跟你這種貨色耗下去。」

魔法手杖有如寶刀一揮——將敵人一刀兩斷。

被切成一半的白布在夜空中飄飄落下。

「莉露不是說過了嗎？」

莉洛蒂德飄浮在空中低頭望向我。

「面對《晴天娃娃》懷抱恐懼心是下下策。手無寸鐵的你就算了，但莉露要是害怕敵人的攻擊而閃避……」

「還沒完，莉洛蒂德！後面……！」

她驚訝回頭，發現《晴天娃娃》的白布又展開在她面前。

緊接著，敵人與莉洛蒂德對上了眼睛。

我試想最壞的狀況，做出自己此刻能採取的行動。稱謂是什麼不重要，助手也好，使魔也罷。我的任務就是幫助我的工作夥伴，僅此而已。

「休想逃走！」

然而或許該說一反我的預料，被逼到撤退的反而又是《晴天娃娃》。莉洛蒂德雖然驚訝得一瞬間停下動作，但立刻在空中一蹬，追上對手。

相對地《晴天娃娃》則是把白色的布料染黑，試圖混入現場的黑暗之中逃亡——既然如此……

「我管你是晴天娃娃還是幽靈，只要太陽出來就沒戲唱了吧？」

我打開工地中的照明燈光，照亮漆黑的現場。結果隱約可以看到遠方有個白色影子浮現在空中。

「莉露！」

就在我忍不住用暱稱呼喚的時候，那少女的手杖已經綻放出明亮的水藍色光芒。

「哦？幹得不錯嘛。」

到頭來依舊搞不清楚是魔法還是科學的力量。

我唯一可以確定，那道光芒是打擊邪惡的正義源流。魔法少女用風馳電掣的速度猛追逃跑的敵人，搶到前方對著手杖大叫：

「保佑明日好～天氣！」

水色光芒籠罩夜空後……

這次《晴天娃娃》看起來是真的消失了。

「這樣敵人就已經被封印了嗎？」

我對緩緩降落的莉洛蒂德……對莉露如此詢問。

「是呀，畢竟那本來就是人類只要不抱恐懼心就不會出現的靈異現象。」

「原來如此，也就是說只要大家都像我一樣勇敢就沒問題了。」

「你剛才還不是被嚇到了。」

莉露瞇眼瞪了我一下後，用手杖敲敲我的胸膛。

「要那樣講的話，妳看到《晴天娃娃》又是什麼樣子？」

剛才飄浮在空中的莉露看見那塊白布，感覺好像一瞬間停下了動作。因此她應該也有從《晴天娃娃》身上看到幻影吧。

我雖然這麼想，但莉露卻「誰曉得？」地把臉別開。

「莉露又沒有什麼害怕的東西，所以看到的依舊是一塊白布呀。」

夜風吹盪她的秀髮。

從我的角度看不清楚她如此大言不慚時，臉上究竟帶著什麼表情。

「話說回來，妳的腳力可真強。」

我回想起莉露剛才自由地在空中又跑又跳的模樣。那絕對不只是靠魔法或科學力量就能辦到的事情。

「那當然囉。」

結果她轉回頭看向我，用手撥了一下橙色的頭髮。

「畢竟莉露以前是撐竿跳選手呀。」

魔法少女這才第一次在我眼前露出了天真無邪的笑臉。

◆劇中的後日談

隔天。我獨自居住的公寓從早上就來了兩位訪客。

對於親朋好友寥寥可數的我來說，居然同時有兩個人到家裡拜訪是很稀奇的事情。雖然我很想叫個披薩或派，難得來場愉快的聚會。不過……

「……我明白狀況了，但是不能接受。」

如此不開心地躺到榻榻米上的是夏凪渚。她用雙手緊緊抱著一個抱枕。那是忘記什麼時候、什麼人從什麼國家買來的奇妙生物抱枕。我家裡到處都是這類莫名其妙的東西。

「像這樣不願意接受眼前的現實，就證明妳還是個小孩子呢。」

相對地，還有一名即使沒有表現出不開心的態度但很明顯地破壞著現場氣氛的人物。莉洛蒂德一如往常地穿著那套魔法少女的裝扮，彷彿把這裡當自己家一樣用我家的馬克杯喝著咖啡。

「什麼還是個小孩子，妳又幾歲啦？跟我應該沒差多少吧？」

「啊～像這樣在意實際年齡的態度就完全是個小孩子啦。」

「嗚，虧我初次見面時即使受到挑釁也努力應對得很成熟的說！」

夏凪如此自我爆料的同時，把手中的抱枕用力一丟。不是丟向莉露，而是丟向我的臉。太不講理了。

「……君塚你也是，為什麼那樣簡簡單單就跑去這女孩身邊了？」

夏凪一臉怨恨地看著我。

看來她對於我明明身為偵探助手卻跑去幫忙魔法少女的現況，感到很不滿的樣子。這一方面也是因為昨天跟她道別時的狀況吧。今天這場包含我在內的三人會談也是夏凪提出的要求。

「君塚明明……是我的。」

「君彥是妳的什麼？」

莉露一臉無趣地如此詢問夏凪。

「君、君彥是我的……」

「夏凪，妳的叫法被影響啦。」

我這樣提醒後，夏凪卻莫名其妙鼓起臉頰。

「那意思說君塚就算我跟人家劈腿也沒關係嗎！」

為什麼要講得有點像女朋友的口氣啦？

「我並不是被她強迫幫忙的，這點妳不用擔心。」

「……就是那樣才讓人懊惱呀。」

夏凪雖然「唉」地嘆了一口氣……

「既然是君塚決定的事情，我也沒辦法多講什麼就是了啦。」

不過她還是姑且尊重了我的判斷。

「既然這樣，今天這場會談是什麼？莉露可不想白白浪費時間。」

「有句話我無論如何都要跟妳講清楚。」

夏凪對著莉露擺出嚴肅的態度。

「要是讓君塚發生什麼事就不原諒妳。這不只是我，也是另一個人的意思。」

另一個人究竟是指誰，夏凪並沒有具體明講。不過她的意圖已經傳達得很明確。雖然那位名偵探是否真的會為了我講得那麼直接，還有待商榷就是了。

就在我想著這種事情不禁苦笑的時候，莉露雖然表現出有點嫌麻煩的態度，不過依然對夏凪點頭回應了一句「我知道啦」。

「反正他昨天的工作表現還算可以。身為主人，莉露會盡可能不讓他遇上危險的事情啦。這樣總行了吧？」

想想一開始莉露還說「自己的性命要自己保護」，現在這樣已經算好轉很多了。然而夏凪卻……

「不是盡可能，要絕對。」

「太沉重的女人會討人厭喔。」

莉露說著站起身子，到我旁邊重新坐下後……

「保持輕鬆又乾脆的關係，男人也會比較喜歡吧？」

她勾住我的手臂，把頭靠到我肩膀上。柔軟的觸感與體溫頓時傳來，有吸引力的美麗眼眸注視著我。從櫻紅色的雙脣間伴隨溫熱的氣息，彷彿細語著對男人來說很方便的甜美話語。

「……呃，昨天晚上發生過什麼事？今天我來的時候這女孩已經在君塚家了，難不成昨晚就在這裡過夜？」

不知道是誤會了什麼事的夏凪全身發抖起來。正當我想說姑且跟她解釋清楚而準備開口時，我放在矮桌上的手機忽然響起。

「視訊電話？」

我本來還想說是什麼事，但看見螢幕上顯示的名字就馬上察覺了。具體來說，是有種不太好的預感。於是我用手機架豎起手機，接通電話。

『喂？君彥？』

如此說著並出現在畫面上的，是一名身穿巫女裝扮的少女——米亞・惠特洛克。

背景是我看過幾次的那間位於鐘塔上的房間。明明倫敦現在是半夜卻打電話來，代表應該是很緊急的聯絡。這點從米亞臉上僵硬的表情也能立刻看出來。

「米亞，怎麼了？發生什麼事？」

我握起拳頭詢問來電理由，但是……

『……君彥，為什麼妳會跟魔法少女在一起？』

這麼說來，莉露還靠在我身上啊。

「因為他是莉露的使魔呀。」

結果莉露就像對待寵物一樣拍拍我的頭，對米亞如此隨便說明。

「妳可別抱怨喔。畢竟這是為了有效率地完成妳推給莉露的工作。」

『預言《百鬼夜行》的是我沒錯，但分配工作的是《聯邦政府》呀……』

「什麼？妳那樣嘀嘀咕咕的聽不清楚啦。」

『我說奧莉薇亞，這個要怎麼關掉呀？』

在畫面另一端，米亞哭著向奧莉薇亞求救。幾個月前在《聯邦會議》的戲碼又重演了。

「米亞，好久不見喔。」

這時，夏凪插到我和莉露之間，讓自己映在視訊畫面上。

『呃，君彥，你究竟帶了幾個女孩子到自己家呀？』

「把米亞算進來三個人啦。」

就在我們這麼閒扯時，莉露站起來去泡下一杯咖啡了。看來她還沒打算回家的樣子。話說她既然穿著那身打扮到這裡來，是不是打算等一下直接把我帶出去巡邏啊？

「不對，現在不是閒扯淡的時候啦。」

我對包括自己在內的人如此吐槽，並重新詢問米亞來電的用意。究竟是有什麼事情讓她打這通電話過來的？

『《名偵探》的下一項使命確定了。』

——不出所料。從剛才就隱約有這樣的預感了。我還以為這種指令都是由政府高官——例如艾絲朵爾之類的人物出面下達，不過這次看來是透過《巫女》傳達的樣子。夏凪和我互看一眼後，開口詢問：

「我的下一個敵人是誰？」

米亞深呼吸一口再說道：

『吸血鬼。』

我聽到這個詞首先聯想到的不是幻想中的怪物，而是我實際見過好幾次面的那個蒼白之鬼。十二名《調律者》之一——史卡雷特。

『具體來說，《名偵探》的下一個使命是阻止吸血鬼叛亂。』

米亞如此說明並打開一本《聖典》。我一瞬間看見的封面上寫有《Vampire

Rebellion》的文字。總覺得好像在哪裡看過。

『其實這項危機是早由前一代《巫女》所預言的。已經是距今十三年前的事情。』

「十三年前……那為什麼如今才變成《名偵探》的工作？」

『畢竟我們《巫女》並不是直到危機要發生前一刻才看到未來。』

米亞如此回答夏凪的疑問。

她說看見的未來與危機實際到來之間會有一段時差。

『雖然規定上《巫女》會將預言內容告訴政府高官，不過接下來要經過對世界狀況的評估之後，再由高官決定交給哪一位《調律者》負責處理哪一項危機。』

……原來如此。也就是說隔了十三年，這一刻才終於到來的意思。但話說回來——

「預言中的吸血鬼是指史卡雷特嗎？」

『很難講。畢竟「吸血鬼」這個種族也確實存在於這個世界上，所以解讀起來或許會有所差異。』

果然《聖典》也並非萬能道具的樣子。並不是所有未來都會預言得鉅細靡遺。

「嗯~如果直接跟史卡雷特見到面，或許就能知道些什麼啦。」

「可是那傢伙神出鬼沒啊。想見面就能見得到面嗎……」

上次見到他已經是我和希耶絲塔一起出席《聯邦會議》的時候了。而且還不是在會議中見到面，而是在無人的夜路上邂逅。感覺是因為跟他之間似乎有什麼恩怨的希耶絲塔在一起才得以見面的。

「要是知道那傢伙的工作場所，可能還有機會見到面就是了。」

「《吸血鬼》的使命是什麼呢？」

我和夏凪都疑惑歪頭。那傢伙從來沒有跟我提過這點。

『是殺害同族。』

米亞輕易就說出了答案。

『《吸血鬼》史卡雷特所負責的使命，是討伐橫行於世界各地的同族。』

「……做那種工作對他到底有什麼好處？」

『我不清楚。當然《調律者》享有各種特權，因此我想應該是跟什麼利益做衡量之後的結果吧。』

假如去問艾絲朵爾之類的人物，會得到答案嗎？不，對方有意思要回答的話肯定從一開始就會講清楚了。若想知道就自己去調查，這也是偵探的工作——對方大概是這麼意思吧。或者可能背後有什麼不可告人的內幕。

「總之現在要先去把史卡雷特找出來。雖然毫無頭緒就是了。」

如今希耶絲塔正在沉睡，還有什麼可以引誘史卡雷特現身的方法？要說吸血鬼討厭的東西，大蒜也好、聖水也好、十字架也好，立刻可以想出一大堆。但反過來要說喜歡的東西嘛……

「怎麼？你們想知道吸血鬼的事情？」

剛才離席的莉露這時又插入對話中。她喝著剛泡好的咖啡，站著參與交談。

「妳知道什麼嗎？」

「嗯～算知道吧。因為以前有過間接得知的機會。」

莉露對夏凪的提問婉轉回答，緊接著又想到什麼點子似地說道：

「如果妳把搭檔稍微再借給莉露，莉露也可以告訴妳喔。」

相對於表情莫名得意的莉露，夏凪很不甘心地皺起眉頭。

「……好啦。說到底，這是讓君塚決定的事情呀。」

「抱歉了。我一定會帶情報回來的。」

這或許也是身為助手能夠做到的工作吧。

我默默對莉露點頭後，她便微微揚起嘴角。

「話說早餐都還沒吃呢，來做點東西吃吧。」

莉露說著，又彷彿把這裡當自己家似地逕自走向廚房。

「為什麼妳一副理所當然地想要在這裡做飯！那種事情我來做！」

「要這樣講的話，莉露才想問妳憑什麼擺出像正妻一樣的態度啦？」

兩個人就這麼你一言我一語地走進廚房去了。唉，真是吵鬧的搭檔們。

「不好意思啦，明明妳那邊是深夜了。」

我對看著這邊的狀況面露苦笑的米亞如此道歉。可是……

『嗯？我的一天現在才要開始喔？』

畫面中隱約拍到了遊戲手把。看來她打算通宵玩她據說是興趣的線上遊戲。

『雖然最想要一起玩的人現在不在就是了。』

「……這樣啊。希望她能早日醒過來。」

原本寂寞地把視線別開的米亞霎時露出驚訝的表情後，「嗯」地微笑一下。接著在她準備掛斷電話前，我最後又問了她一件事：

「原來偵探的下一項使命並不是討伐怪盜啊。」

十二名《調律者》之一的《怪盜》亞森。

我和希耶絲塔只有見過一次面的《調律者》叛徒。據說他曾經因為盜走一部分《聖典》的罪名而入獄。然而……

「難道亞森還沒有被認定為《世界之敵》嗎？」

對絕對不可侵犯的《聖典》出手的他雖然遭到逮捕，但後來又越獄出來，現在操弄著毫無關係的一般人民接連引發犯罪事件。而宣稱總有一天夏凪渚會解決這個問題的，正是幾個月前的希耶絲塔。

『我並沒有看到那樣的未來，而且政府目前也還沒有要把《怪盜》認定為《世界之敵》的跡象。』

「……這樣啊，那麼現在也無從行動就是了。」

說到底，當初亞森因為盜走《聖典》之罪而一直被關在監獄，但為什麼沒有對他做更嚴厲的處罰？希耶絲塔也說她不清楚原因，看來背後應該有什麼理由才對。

『跟相遇當時比起來，神情又變了呢。』

米亞忽然講起這種話。似乎是在指我的樣子。

『比起那時候，你又背負了各種東西吧。』

關於亞森的事情也是我跟希耶絲塔的約定。既然她現在進入沉睡，這個問題由我接手也是當然的。

「妳那麼直接誇獎我變帥，我會不好意思啊。」

『呃不，人家才沒講到那種程度。』

米亞一臉認真地搖搖手否定，緊接著露出苦笑。

『不過請你不要太勉強自己。萬一你發生什麼不幸時，會感到悲傷的人肯定比你想像的還要多很多喔。』

妳也包含在內嗎——我沒有真的開口如此詢問，只是「好」地點點頭後，我們便結束了通話。

結果從廚房傳來兩位少女嘰哩呱啦爭論的聲音。

「啊！我忘記君塚比較喜歡吃的是荷包蛋了。明明上次有聽過的說……」

「唉～虧莉露剛才還問過妳，是妳堅持說『做成西式炒蛋比較時髦』什麼的。」

「吵、吵死了。我再重新做一次，妳給我離開廚房啦！」

「太沉重的前女友會討人厭喔。」

不管什麼蛋我都吃啦，拜託妳們別吵了行不行？

「……不過，真是和平啊。」

沒多久後，便飄來烤吐司與煎蛋的香味。

我就這麼活在日常與非日常相互交錯的生活中。

深信著所有心願全部實現的未來總有一天會降臨。

【4 years ago Reloaded】

我等待著風。

夏天的田徑場。我斜舉長竿，在起跑線調整呼吸。

撐竿跳比賽並不會測量風速。不過只要在基本上一分鐘的等待時間之內，選手都可以等待對自己有利的風吹起。

而且現在由於剩下的選手人數減少，讓我獲得了三分鐘的自由時間。

我並不特別感到緊張，也不會去想萬一失敗怎麼辦。記得以前某一次接受選手採訪時，我被問到要飛過遠比自己身高還要高好幾倍的橫桿會不會很恐怖，但我從來沒有過那樣的感受。

所以我很適合這項競技。我只有這項競技。

「——來了。」

風向改變。

最容易帶動身體的輕柔順風吹來。告知等待時間剩下十五秒的黃色旗幟舉起。

我看到那個信號，最後再一次深呼吸，開始助跑。

舉著碳纖製的長竿，往地面一蹬。

大大邁出一步、兩步、三步，風漸漸纏繞到身上，轉眼間進入最高速度。助跑的距離不算太長，比自己身高還要高兩倍以上的跳高架很快便聳立在眼前。

勝負就在下一瞬間。我將長竿刺入架竿區彎曲竿體，驅使包含肱二頭肌與胸肌在內的全身肌肉讓身體反轉，不斷往上再往上地推高。接著——藍天映入眼簾。撐竿跳是朝著天空跳躍的運動。

放掉長竿，飄浮感降臨全身。

就在此時，勝負已定。

橫桿沒有搖晃——宣告成功的白旗舉起。

會場中很快地騷動起來。那也是當然的，畢竟這個高度刷新了大會紀錄。

我在軟墊上享受著這份小小的成就感。但不是因為我聽見歡呼。

那是因為躺在墊子上仰望的藍天是如此漂亮。

「好啦……」

我站起來，把位子讓給下一位選手。

如果按照以往的狀況，這時候我應該已經獲得優勝了。

然而此時在起跑位置上還有另外一個人，準備挑戰跟我一樣的高度。

「那女孩……」

將略帶紅色的頭髮綁成丸子頭的少女。

我從遠處眺望著她充滿自信的表情。

場中這時到處響起掌聲。因為那女孩在炒熱觀眾的氣氛。田徑比賽中會這樣表演的選手也很多，雖然我沒做過就是了。

不久後，少女隨著起跑的信號往前奔出。

她沒有等待風。但我很快就明白她沒有那麼做的必要。

因為她自己就是一陣風了。

姿勢優美的助跑眨眼間結束，上下顛倒的身體一直線地飛越橫桿。簡直有如直往天頂一刺的跳躍。

「——好漂亮。」

白旗豎起之前，歡呼聲已經響起。

這是我第一次對別人比賽的模樣感到美麗。

「嘿！妳等等！」

當我在會場內的寄物更衣室整理好行李，來到走廊準備離開的時候，忽然被人叫住。同校的其他人應該都早早上了巴士才對。我不禁疑惑是誰而轉頭一看，立刻

「啊」地察覺了。

雖然髮型跟剛才不一樣，但略帶紅色的頭髮我有印象。不，應該說是已經看過好幾次都記起來了。就是跟我角逐優勝到最後的那位跳躍姿勢優美的少女。

「太好啦～讓我見到妳了。」

臉上帶著雀斑，親切和善的笑容。

少女一股勁地朝我靠近。背在肩膀的運動包上掛有大概是什麼動畫角色的女孩造型鑰匙圈。

「妳叫什麼名字！」

「……呃，我嗎？」

剛才比賽時在電子看板上應該就有顯示過我的名字才對吧？唉，也罷。

「莉莉亞・林格倫。」

「是喔！那就叫妳莉露囉！」

這麼說的瞬間，她已經握起我的手擺盪著。

……跟人拉近距離的速度太異常了。她是不是在跟我完全相反的意義上溝通能力有問題呀？

「我記得妳叫……」

「妳叫我弗蕾亞就可以了！」

我不太習慣用 first name 稱呼別人，但她的笑臉感覺讓人不容反抗。

「那麼……弗蕾亞，妳找我有什麼事？」

「嗯～也沒什麼特別的事情啦，我只是一直希望有機會跟妳聊聊看。」

弗蕾亞指著一旁的長凳，問我：「要不要坐下來？」

距離巴士的集合時間還有一點空檔，於是我在她的催促下坐到她旁邊。

「妳說一直想跟我聊聊看，意思是妳從以前就知道我了？」

「那當然囉。只要是參加這項競技的選手，沒有人不知道妳呀。」

「那妳剛才為什麼要問我名字？」

「啊哈哈，畢竟初次見面總要從自我介紹開始吧？」

是這樣嗎？感覺我們對話的主導權一直都被握在她手中。

「不過，終於讓我稍微追上妳了。」

弗蕾亞看著我的臉露出微笑。

「因為能夠跟妳在賽場上較勁，一直以來都是我的目標呀。」

今天是我們第一次在大會上兩個人較勁到最後。

但其實我從之前就知道這個女孩了。有傳聞說，附近某間學校出現了一位才剛踏入這項競技，半年就以驚人的速度屢次刷新個人紀錄的少女。然後就在今天，弗蕾亞在眾人矚目下證明了她的才華是貨真價實的。

「不過真是好可惜呀。我明明再差一點就能獲得優勝的說。」

弗蕾亞擺盪著雙腳聊起今天的比賽。

在那之後，我和弗蕾亞又分別跳過了更高一階的高度，共同刷新大會紀錄。只不過相對於我是第二次試跳成功，她則是到第三次才成功。因此最後根據比賽規則，由透過較少次數試跳成功的我獲得了優勝。

「哎呀，下一個高度我也沒跳過去，所以實際上算平手啦。」

「這就是女王的從容嗎……」

弗蕾亞「唔唔唔」地發出低沉聲音，表現自己的不甘。

「那下次我會跳過去的。」

她接著用堅定而認真的態度如此宣告。就在我一時還搞不清楚這句話的真意時，她又「畢竟不是嗎？」地說道：

「只要我能跳過去，莉露絕對也會跟著跳。然後只要莉露跳了，我也會跳。這樣一來我們的成績就會一直往上升呀。」

這是我想也沒想過的一句話。

我從沒有想過自己會跟什麼人一起較勁。因為田徑……因為撐竿跳高是個人項目。我一直認為那只是不斷挑戰自己以前的紀錄而已。

「像這樣呀，我和莉露留下一堆的紀錄，參加更大型的大會，然後總有一天活躍於世界的舞臺上。感覺不是很有趣嗎？」

弗蕾亞說著，露出她潔白的皓齒。真虧她能夠在這麼短的時間內笑那麼多次，肯定早已超過了我這一年笑過的次數。受不了，真是不可思議的女孩。

「明明剛才還表現得好像很尊敬我的樣子，現在就已經跟我平起平坐了？」

「啊哈哈，畢竟今天已經較勁過了嘛。所以從此刻起，我們是好對手囉！」

——好對手。這句話讓我的心用力一跳。理由不明。

不過感覺有一點點，真的只是一點點，身體好像熱了起來。

「呃、好對手……不行嗎？」

或許因為我都不講話，弗蕾亞頓時有點擔心地看向我的臉。

而我對著她搖搖頭，開口回答：

「反正我正想說自己絕對無法跟妳這種類型的人成為朋友，所以當好對手也剛剛好呀。」

弗蕾亞對這句話的意思想了一下後，「妳講什麼啦！」地憤慨起來。

我則是今天第一次稍微笑了。

【第二章】

◆雙手中的東西

這天，我久違地來到希耶絲塔的病房。

「身體狀況如何？是不是在做什麼好夢啊？」

在圓椅子上坐下後，我看著前搭檔的睡臉。

似乎睡得很舒服的呼吸聲，以及在棉被底下緩緩上下的胸部，這些都證明今天她也在午睡中。我接著向她道歉表示：「抱歉啦，最近都沒有來。」

我大約兩個禮拜沒看到希耶絲塔的臉了。上次來這裡已經是去年底，也就是我遭遇那場靈異現象的聖誕夜。明明不久之前我還會每個禮拜都來探望一次，但最近有了無法那麼做的理由。

「因為我的新搭檔很任性啊。」

《魔法少女》莉洛蒂德。

自從聖誕節晚上被她抓去幫忙之後，這兩個禮拜我都一直在協助她的工作。年末年初自是不用說，就連寒假結束之後莉露也會騎車到學校來，把上完課的我抓去討伐《百鬼夜行》。可想而知，學校的其他學生們每次見到這一幕都會當場目瞪口呆。

至於我為什麼對那樣的莉露即使嘴上抱怨連連也會乖乖服從嘛……因為我知道假如眼前這位偵探醒過來，肯定會對我說一旦決定要做的工作就不可以半途而廢。

而且我本身也很希望自己能夠幫上成為了《調律者》的夏凪。莉露似乎掌握著關於吸血鬼的情報，那對於夏凪達成當前的使命時會派上用場的可能性很高。

因此我現在還不能離開那個任性但可靠的魔法少女身邊。雖然個性很難搞，但她在工作上的能力是貨真價實。只不過她每次都不顧自身安危，老是單獨衝鋒陷陣的行為讓我覺得有些問題就是了。

「為什麼她要那麼拚命啊？」

以前希耶絲塔說過她體內有著身為一名偵探幫助別人的DNA。而米亞和夏凪則是看著偵探那樣的背影，也跟著成為了《調律者》。

那麼莉露呢？那位魔法少女是否也像希耶絲塔一樣從最初就抱著身為正義使者的一套哲學？還是像米亞或夏凪一樣，由於後天性的原因選擇了那樣的人生？這個疑問不禁閃過我的腦海。

「我才想說是誰來了，原來是君彥呀。」

應該只有我和希耶絲塔的病房中忽然響起這個聲音。說話的人物抱著一個莫名大的紙袋進到房間裡。

「好久不見——好像也不算太久吧，諾契絲。」

那人物的長相與躺在床上的希耶絲塔簡直有如同一個模子印出來的。我和這位比誰都常來這裡照顧主人的少女是今年第一次見面。

「真意外，我以為你不會再過來這裡了。」

諾契絲如此說著，面無表情地（雖然她通常都是面無表情啦）疑惑歪頭。

「妳當我是多無情的人啊？」

「畢竟君彥是個被其他女人迷得神魂顛倒，連希耶絲塔大人的事情都會忘記的人呀。」

「別講得好像妳親眼見到一樣！我從來沒有一天把希耶絲塔的事情……」

「這是渚告訴我的。」

原來是夏凪胡說八道。

哎呀，畢竟她對莉露有些心結啊。

「話說，請問你剛才準備要講什麼呢？就是『我從來沒有一天把希耶絲塔的事情……』後面。」

「不要追究那麼多。妳快點把東西放下來，拿張椅子坐啦。」

說到這邊，諾契絲才總算露出微笑（的樣子），手腳俐落地從紙袋中拿出毛巾與換穿衣物等等東西。看來她沒有打算坐下來休息。

「我本來是想幫希耶絲塔大人擦個身體，不過現在似乎不太妥當。」

「諾契絲，為什麼妳要瞄我？就算妳不講，我也會轉到背面去啦。」

像這樣幫希耶絲塔擦身體、換衣服，都是包括諾契絲在內那些女生們的工作。因此要說我來探望時能做的事情，頂多就是把最近發生的超有趣事件講給在睡覺的希耶絲塔聽而已——這會不會其實很煩人啊？

「我只是開個玩笑，你把身體轉回來沒關係的。」

諾契絲說著，把她帶來的毛巾與衣物暫時收到櫃子裡。

太奇怪了，到頭來她還是不信任我啊。

「你應該沒有必要獲得我的信任或信賴吧？」

簡直就像聽見了我的心聲般，諾契絲對我如此說道。

「別擔心，君彥真正應該要保持信賴的對象現在還安安心心地睡在這裡呀。」

「……這也很難講。」

希耶絲塔如今還信賴著我嗎？

「請問你不會忘了那一天的事情吧？」

諾契絲所謂的「那一天」，肯定是指希耶絲塔進入沉睡的那時候。

沒錯，我們當時在最後有過這樣一段對話：

『我們總有一天會讓妳醒過來。』

『嗯，我等你們。』

所以希耶絲塔現在也依然和那時候一樣，等待著我實現當初的約定。信任著我，繼續沉睡。既然如此，我就不能背叛她的信賴。

「但是，再這樣下去可能會讓希耶絲塔失望了。」

我觀望現況，不禁自嘲。

總有一天會讓希耶絲塔醒過來的誓言。是一股衝動，也是貨真價實的心願。

然而具體上究竟該怎麼做才能夠實現？

「史蒂芬說過，侵噬希耶絲塔心臟的《種》已經開始發芽，與臟器複雜交纏，幾乎化為了一體。」

「是的，因此即便是神醫也無法單獨把《種》摘除。想要拯救希耶絲塔大人唯一的方法就是……」

心臟移植。

這是最簡單易懂的方法。可是……

「想想也是理所當然，不可能馬上找到代替的捐贈者。」

「是的，就算希耶絲塔大人的身體再怎麼特殊，唯有在這點上是很難解決的。」

並不是任何心臟都能適合希耶絲塔的身體。例如以前遭遇過和希耶絲塔類似狀況的海拉——如今已是一年半前，心臟損傷的海拉為了尋找替代臟器而在倫敦接連殺人，但是都找不到完全適合的東西。因此到最後她終究選擇從同樣繼承席德DNA的希耶絲塔體內奪走了心臟。

「我現在最想做的，是找到史蒂芬再問問看更多情報啊。」

問問看究竟有沒有什麼拯救希耶絲塔的方法。然而最近——或者應該說自從希耶絲塔進入沉睡以來，那位《發明家》就沒有再來過這間醫院。我和夏凪這三個月來也用盡手段，甚至用上了《黑衣人》，卻依舊掌握不到他的消息。

正當我思考著這些事情時，諾契絲拿了一張椅子在我旁邊坐下來。

「老實說，我和君彥的感情並沒有那麼好。」

「幹麼忽然講那麼令人難過的話啦？」

我們好歹前前後後也相處了將近半年才對。

「因此接下來……只有我可以跟你講講比較嚴厲的話。」

諾契絲沒有看向我，始終朝著正面繼續說道：

「請問你不覺得現在的你做什麼都很半吊子嗎？」

我短短瞄了一下她的側臉。

沒有在生氣。不過碧藍的眼眸流露出絕不允許一切逃避說辭的態度。

「請問現在對你來說的搭檔究竟是誰？是渚嗎？希耶絲塔大人嗎？還是那位魔法少女呢？」

在我開口回答之前，她又繼續質問：

「請問現在你的使命到底是什麼？防堵吸血鬼叛亂嗎？阻止百鬼夜行嗎？還是抓到怪盜？對你來說，讓希耶絲塔大人醒來的心願究竟是從上面數下來第幾項呢？」

「那是……」

答案很簡單。

我最大的心願是什麼根本不用說。然而「現況」會讓諾契絲對我產生這樣的疑問也是事實。我無從辯駁。

「我並不是在責備你。」

不知不覺間，諾契絲朝我看過來。

「我只是要告訴你，如果什麼事情都想攬到自己身上，總有一天會讓重要的東西從你雙手中被擠落下去。唯有這點，請你牢記於心。」

嘴上聲明要對我嚴厲卻實際上溫柔曉諭我的這段話，沉甸甸地壓落在我心頭。要站在誰身旁，實現什麼心願——能夠做出取捨的人只有自己。這對我來說或許就是一段做選擇的故事吧。

◆以眼還眼，以劈腿還劈腿

離開病房後，我接著前往與莉洛蒂德碰面的地點。雖然剛剛才被諾契絲講過那些話又馬上去跟莉露見面，讓我心中有種難以言喻的罪惡感，但原本已經講好的約定也不能隨便爽約啊。

而且今天和莉露見面的理由不是平常的巡邏工作。就某種意義上來講，這對我來說是比巡邏更重要的目的。我來到她指定的一棟商業大樓頂樓，在那裡的一間露天咖啡廳找到她的身影。

「太慢了。」

在四人座的餐桌座位上，莉露托著腮對我瞪了一眼。她今天的服裝也是一如往常的魔法少女風格。

「現在還是十分鐘前吧？」

「身為寵物怎麼可以讓主人等？」

「太不講理了。」

我準備坐到她對面的座位，但她卻指指自己的旁邊。於是我只好坐到她旁邊的位子，環顧四周。店裡似乎沒有其他客人，看來是她特地包場下來了。

我問她為何要約在這裡碰面，她卻回了我一句「這裡景色不錯吧？」這樣有點文不對題的回答。望下去的景色確實是不錯啦。

「妳喜歡高的地方？」

「莉露喜歡天空。」

她看的不是大樓外的景色，而是眺望著天空。

今天是舒適的大晴天。

「然後呢？之前講好的事情怎麼樣了？」

我啜飲著服務生端來的熱咖啡，如此進入主題。

「不是說妳會告訴我們關於吸血鬼的祕密嗎？」

這就是今天我來跟莉露見面的理由。這兩個禮拜來，我任勞任怨當她忠犬的成果，就是今天可以獲得這項情報。

「等全部人到齊再說。」

莉露說著，用指頭「咚咚」敲了兩下桌子。

在我們面前還有兩張空位。

不久後，便傳來「啊，找到了找到了」的熟悉聲音接近過來——是夏凪。

今天的議題和身為《名偵探》的她有直接關係，因此她會來這裡是理所當然。

但她身邊還有另一位人物。

「……那傢伙是誰？」

那是一名身穿西裝的高挑男子，年約二十多歲近三十。

一雙銳利的大眼睛莫名像在瞪著我，配上髮量較多的頭髮，感覺有如荒野中的一匹狼。然而這傢伙究竟是什麼人？看起來應該不是《黑衣人》才對。

「啊，對了，這個人是大神(Okami)先生。」

還真的是狼(okami)啊。不過這種事情先放到一旁，夏凪繼續向我介紹這個男人：

「他是我的新助手。」

我眼前忽然一片漆黑。

「喂，君彥？怎麼好像聽到大地裂開似的聲音呀？」

莉露用手指戳戳忍不住把額頭撞在桌面上的我。

「莉露，拜託，捏一下我的臉頰。」

「先跟你講清楚，這不是夢喔。」

我的臉頰感受到毫不留情的痛覺。

真想把現在的狀況寫成禍不單行的例句記載到字典上。

「新助手是什麼啦……？」

我鬱悶地撐起上半身，對坐到我對面的夏凪如此詢問。

「嗯～說是新助手嘛，正確來講應該是代理助手？」

代理助手——也就是代替我嗎？

我看向坐到夏凪旁邊那位叫大神的男人，他一副無聊地搔著後腦袋。

「他是最近《聯邦政府》介紹給我的人，負責在《名偵探》的工作上幫忙各項事務。簡單講就是像《巫女（米亞）》的奧莉薇亞一樣。」

原來如此，也就是類似《調律者》的專屬隨從吧。可是既然如此……

「偵探……夏凪不是有我嗎？」

「那為什麼你現在是在她旁邊？」

夏凪的視線看向我旁邊的莉露。意思說當我在幫忙魔法少女的這段期間，名偵探也去僱用了一位代理的助手是吧……

「奇怪，你表情好像不太甘心喔？有什麼話想對我說嗎？」

夏凪看著我的臉，露出得意的笑容。

這就是名偵探精采的復仇劇。

「大神先生，他叫君塚。」

就在這個時機，夏凪提供了我們對話的機會。

然而……

「啊～我叫大神。完畢。」

充滿野性的低沉嗓音。這位新任助手也沒瞧我幾眼，逕自喝著端來的咖啡。從第一眼的印象其實就隱約知道了，他看來沒有要跟我友善交流的意思。

不過這樣也沒差啦。反正我同樣隨便報上自己名字就好，接著直接切入主題，聽莉露說明關於吸血鬼的事情——正當我這麼想的時候……

「不可以這樣，要好好打招呼才行呀。」

夏凪斥責大神似地輕輕扯了一下他的領帶，結果這出乎預料的行動讓大神差點把咖啡噴出口，小聲咳嗽起來。

「……拜託妳饒了我行不行？」

「大神先生是個大人了，請你像樣一點吧。」

被夏凪瞇眼瞪了一下後，大神表情尷尬地把領帶重新繫好。看來這位代理助手儘管態度無禮，也唯獨面對雇主抬不起頭的樣子。

「大神先生，為什麼你社交性那麼差呢？」

「畢竟我平常的工作不需要什麼社交性。」

「真會講歪理。要是沒有一點最起碼的協調能力，在組織中應該很難混才對吧？」

「我每次都是一個人就能順利完成工作。這次是第一次跟別人組隊。」

「哦？也就是說，我是你的第一個搭檔囉。」

夏凪雖然表現出對大神感到傻眼無奈的態度，臉上卻同時帶著莫名放不下對方的笑容。那畫面簡直就像少女馴養著一名獨行俠的大人。

「我說莉露，妳覺得這兩個人的關係怎樣？」

「莉露的感想應該跟你差不多喔，要莉露補你最後一刀嗎？」

「妳還是別講太明白了。」

我對坐在對面座位鬥嘴抬槓的那兩個人實在看不下去，拿起空杯子端到嘴前。明明什麼都沒喝進嘴哩，卻莫名有種苦澀的感覺。

「大神，你到底是何方神聖？」

我終究沒辦法把這問題隨便帶過，於是重新如此發問。雖然說他是代理助手，但本身的職業或身分究竟是什麼？剛才好像出現了「組織」這個詞。

「我是公安警察。」

他說著，點起一根香菸。

「那香菸……」

「嗯？」

大神挑起一邊的眉毛，我則是「不，沒事」地繼續聽他講下去。

「我平常的工作是當公安警察，不過偶爾也會幫忙這類檯面下的工作。對於這邊的世界也有一定程度的常識。」

或許歸功於夏凪剛才的勸導，大神對我的態度也變得還算老實。話說回來，世界上有多少人能夠講出「自己表面上的身分是個公安警察」這種話啊？

「如果統稱警察，立場上類似風靡小姐是吧。但並非《調律者》嗎？」

「我對頭銜沒有興趣。我只管把自己應該負責的任務完成到最後——跟某人不一樣。」

吐著白煙的大神冷漠一笑。這句話簡直就像在講我……君塚君彥半途放棄了身為夏凪渚助手的任務。很會討戰嘛。

「大神，要是拿『獨行俠』這種話當擋箭牌，一輩子都交不到朋友喔？」

「嗯？你忽然自我介紹幹什麼？」

我們之間爆起了看不見的火花。

「好啦好啦，同類要吵架先到此為止。」

夏凪說著這樣莫名其妙的話拍拍手。

「讓我們進入正題吧。可以拜託妳嗎？」

她接著把視線看向莉露。想必在一旁已經等得不耐煩的莉露，彷彿連這段時間都不想浪費似地自己點餐來吃了。

「吸血鬼絕不是什麼童話世界中的存在。」

她用叉子捲著義大利麵，開始說明今天本來的議題，也就是關於吸血鬼的事。

「君彥，你見過史卡雷特對不對？你知道了他這樣的存在之後有什麼感想？」

「老實說，當時是因為我已經知道有《人造人》的存在才多少能接受的。要不然我應該會以為自己在做什麼惡夢吧。」

我把視線帶向夏凪，她大概也抱著同樣的感想點點頭。

能夠從黑影中出入，會長出翅膀，又能任意讓死者復活。世界上竟然會有那樣的存在，正常人都不會輕易相信的。

「是嗎？那還真是被騙得很徹底呢。」

莉露看著我輕輕一笑。

「包括史卡雷特在內的吸血鬼們，的確是靠常識無法想像的生物。然而他們的那些特殊性終究只是科學的產物。就這個意義來講，其實還比《百鬼夜行》來得符合現實呢。」

聽到莉露這樣的說明，夏凪舉手發問：

「意思說他消失在黑暗中或是長出翅膀之類的，都是科學嗎？」

「沒錯，被裝設在史卡雷特脊椎上的那兩枚機械翅膀，能夠利用光線折射讓自己的身影輕易從別人眼前消失。」

那對翅膀居然是人工物……？消失在黑影中的現象也只是乍看之下的錯覺？

「事實上除了史卡雷特以外的吸血鬼都沒有那樣的翅膀。那是他身為《調律者》的證明，由《發明家》提供的東西。」

發明家，是指史蒂芬嗎？就像希耶絲塔和莉洛蒂德都有接受那個人提供特殊的武器或技術，而史卡雷特也是……

「要這樣說，他那項能力又是怎麼回事？儘管是以不完全的型態，但史卡雷特能夠讓死者復活過來啊……」

實際上史卡雷特就曾經讓應該已經喪命的《人造人》變色龍復活。而我親眼目擊過那景象。

「唯有那項能力是真的。甚至應該說，那個能力就是吸血鬼的本質。除了史卡雷特以外的吸血鬼們雖然有能力強弱上的差異，不過都能透過複製基因讓死者復活。」

「難道那也是科學的力量？那些傢伙到底是什麼……」

我嘴上如此發問的同時，腦中浮現一種假說。由於剛才回想起變色龍這個人造人的存在，讓幾個點串成了一條線。

「說到底，吸血鬼就是透過科學力量誕生的人造種族呀。」

不出所料。就像人造人一樣，吸血鬼也是什麼人過去創造出來的種族。然後關於那個「什麼人」，現在的我也能充分預料了。

「創造出吸血鬼的，是從前的《發明家》們嗎？」

莉露點點頭。既然能夠創造出超越人類知識的種族，那麼創造者們想必同樣也是超越常識的存在。過去的《發明家》改寫世界的常識，造出了吸血鬼這種怪物。

「等一下。假如是這樣，從前的《發明家》為什麼要造出吸血鬼呢？」

「這個莉露就不曉得了。」

莉露對夏凪的問題如此搖搖頭。

結果一直默不吭聲的大神這時捻熄香菸，開口說道：

「對科學家詢問為什麼要做那種研究，根本是愚蠢的問題吧。又不是想把各種預算東刪西減的政治家。」

「大神先生，你講話真喜歡諷刺。」

被夏凪如此吐槽的大神不以為意地聳聳肩膀。

「為什麼莉露會知道現在講的這些情報？」

「莉露以前有去過史蒂芬的一處類似研究設施的地方，在那邊偶然偷看到了這些資料。雖然很快就被抓包然後收回去了啦。」

「妳知道史蒂芬的居所？他現在在哪裡……？」

「誰曉得呢？當武器或身體需要保養的時候，他有時候會透過《黑衣人》聯絡莉露。不過最近這些事情也都改請別人在做了。」

這樣啊……我還想說可以意外獲知史蒂芬的情報，但看來事情沒那麼簡單。

「我果然還是想跟史卡雷特當面談談看。」

聽完莉露的話之後，夏凪如此表示。

「畢竟關於吸血鬼，我們不知道的事情還太多了，而且也必須弄清楚他是否真的企圖藉由《吸血鬼的叛亂》威脅這個世界。」

「嗯，這點上我也同意。雖然說，我們根本不知道那傢伙在哪裡就是了。」

如果能透過《黑衣人》去找出史卡雷特的下落當然是最好，但我們利用同樣手法尋找史蒂芬，到現在也還沒有任何成果。

不久前我找米亞商量時她說過，世界上似乎也有一些《黑衣人》知道史蒂芬或史卡雷特的居所。但由於《黑衣人》的工作是做為齒輪讓世界正常運轉的同時，也要判斷應該協助其他《調律者》到什麼程度以保持整體平衡，因此不一定會做出對我方有利的行動。

基於這種意義上來說，假如無法依靠《黑衣人》，另外或許願意提供協助的人物就是……

「不知道現在《情報屋》在什麼地方？」

十二名《調律者》之一，被譽為「世界之智」的布魯諾・貝爾蒙多——這個人物是否能夠傳授什麼足以讓我們突破現狀的知識？畢竟據說希耶絲塔以前也好幾次藉助於他的力量。

「但我聽說知識之王會協助其他《調律者》，是唯有在他按照自己的意思做出決定的狀況下。」

大神如此否決我的提議。不過這點似乎是事實，與布魯諾身為同僚的莉露也點頭示意。

「我想我們還是採取直接尋找史卡雷特本人的行動方針吧。」

大神說著，從椅子起身。他旁邊的夏凪也跟著站了起來。

「妳要走了？」

「身邊帶著其他女孩子的你，有權利叫我留下來嗎？」

「……那麼，學校見。」

「我就說過了，考完大學的人是自由出席呀。」

……這麼說我都忘了。我不自覺地用手指沿著桌上的咖啡杯邊緣畫圈，結果夏凪當場噴笑出來：

「或許我就是想看看你那樣沮喪的表情呢。」

如此這般，夏凪跟著大神離開。

我好久沒有這樣完全落敗了。

「來吧，君彥，我們也出發去巡邏啦。」

唉，到頭來今天還是要去巡邏啊。雖然我見到她的打扮時就大概猜到了。

「好啦，你快點振作起來。有辦法自己走路嗎？」

「……今天妳能不能幫我拉條牽繩啊？」

◆魔法少女的出遊穿搭

後來與莉露的巡邏工作或許該說不出所料，還是一如往常地嗆。

具體來說，就是有如鷹鷗般巨大的白色烏鴉成群出現在夜晚的歡樂街，聚集到人們身上。照莉露所言，那似乎也是《百鬼夜行》現象的一部分，而烏鴉們是在對人類發出某種警告的樣子。換言之，牠們實際上並非在攻擊人群，而是在人們耳邊大聲吵鬧而已。

然而人們當然不可能知道那種事情，讓街上陷入一片驚慌，害我和莉露必須急忙處理那樣混亂的狀況。照理講，我們本來也許應該聽聽身為百鬼的那群白色烏鴉究竟在提出什麼訴求，可是我們當然沒辦法聽懂鳥獸的聲音。最終是莉露用她那根綻放水藍色光芒的魔法手杖誘導烏鴉，挺身承受牠們的失控行徑……我則是趁這機會透過街上的防災無線廣播系統，從整條街的廣播喇叭播放出只有烏鴉能聽見的特殊頻率噪音，阻止了牠們的失控。

『計畫成功了呢。』

如此酷酷地表示並撥著頭髮的莉露雖然臉頰被劃破好幾道傷口，卻依舊不以為意的樣子。她還是老樣子重視效率，不畏懼敵人也不害怕受傷。那模樣就跟從前的名偵探有雷同之處，但我總覺得兩者之間存在某種決定性的差別。雖然那差別究竟是什麼，至今我依然無法清楚說明就是了。

「說到底，為什麼我如今還在幫她的忙啊？」

我當初協助莉露所期待的報酬是關於吸血鬼的情報，而現在已經聽她說明過了。那麼我為何在那之後還是一如往常地跟著莉露去巡邏，**今天又這樣跟她相約碰面呢**？

現在我站在車站前的鐘塔附近，等待著莉露到來。

也許理由終歸因為莉露是我的救命恩人嗎？還是我在無意識中開始對於自己做為《特異點》到底能夠發揮出什麼樣的效果感到好奇了？或者是因為——

「今天你倒是挺早來嘛。」

少女的聲音讓我轉過頭，結果看到一位身穿暖色系大衣的美少女。

或者說那就是莉洛蒂德。

「要這樣講，妳也來得太早了吧？離約定時間還有二十分鐘啊。」

要是我沒有提早過來怎麼辦？

「那還用說嗎？如果還敢像昨天那樣直到約定時間才現身，莉露就把你開除啦。」

「居然在意想不到的地方讓我驚險過關了。」

真沒想到她現在這種打扮下，竟然還是保持著工作模式。

「……看什麼？」

莉露注意到我的視線，頓時感到奇怪。

「沒啦，我只是想說好像第一次看妳穿便服。」

剛才我一時之間沒有認出她的理由就是那套服裝與髮型，把一頭橙色長髮高高綁起的模樣看起來也真新鮮。

「莉露才不會連休息日都打扮成那樣呢。魔法少女裝扮是只有在工作的時候。」

原來如此。看來並不是她特別鍾愛那套衣服。

「真受不了，明明是寵物卻這麼霸道，居然在休假日還把主人叫出來。」

沒錯，其實提議今天出來見面的人是我。至於理由則是……

「是啊，畢竟今天是交流強化日。」

就像我至今已經確認過很多次，莉露的個性上總是很重視效率，經常不畏受傷地自己衝鋒陷陣。雖然就現況來看這種做法很順利沒錯，但我還是勸告莉露，這樣下去搞不好有一天會導致難以挽回的狀況。

於是我向莉露提議，要重新多了解一下彼此的事情。而且我也認為自己有必要知道，她為什麼會用這樣的態度處理《調律者》的工作。

就像聖誕節那天夏凪希望多了解我的事情一樣，我應該也必須努力去理解身為工作夥伴的莉露才對。

「而且莉露自己昨天也說過既然要出門見面，妳有個想去的地方不是嗎？」

因此這次雖然是我提議見面，但具體行程則是由莉露負責決定。

「莉露知道啦。所以今天是當作『散步』對吧。」

她輕輕笑了一下，快步往前走去。

那雙穿著白色運動鞋的腳感覺也很輕盈。

「那妳打算要去哪裡？總有個目的地吧？」

我跟在她後面三步的距離如此詢問。

「你這樣乖乖跟在後面的樣子還真的像隻寵物呢。」

「太不講理了。假如妳真的把我當寵物就再多給我些獎勵啊。」

「獎勵這種東西就是要等了再等之後，才會顯得更有價值不是嗎？」

莉露轉身面朝後面走著，並對我發出「等」的指示。

總有一種自己被她順利調教的感覺。

「哎呀，要說調教的話，我在將近五年前已經被調教過就是了。」

「你該不會還被名偵探套上了看不見的頸圈吧？」

我們就這樣邊聊邊走了幾分鐘，莉露忽然停下腳步。

「這邊，我們進去一下。」

莉露說著，進入一家位於舊大樓一樓大門前的小花店。我感到奇怪地跟著走進去，看到店內陳列有五顏六色的鮮花。

莉露拿起那些花開始欣賞起來……是要買東西嗎？既然這樣，我也順便挑選一下要買去希耶絲塔病房裝飾的花吧。花店內現在除了我們，沒有其他客人。

「為什麼你以前會當名偵探的助手呀？」

莉露看著花如此問我。

她既然講「以前」，應該是指希耶絲塔吧。這是在延續剛才的話題，還是配合今天的目的嘗試跟我交流？

「誰曉得？其實就跟我現在當妳的使魔一樣搞不清楚理由。」

「原來如此，你天生具備當傭人的體質。」

「我的體質是容易被捲入麻煩才對。」

那有什麼差別呢？——莉露如此疑惑歪頭。確實，差在哪裡啊？

「我從以前就過著漫無目的，總是被別人牽連的生活。就這點上來說或許沒有差別吧。」

「但現在的你看起來並沒有活得漫無目的呀。」

我看在別人眼中原來沒那麼糟嗎？這麼說來，米亞好像也跟我講過類似的話。不，可是諾契絲才剛講過我現在過得很半吊子。那傢伙果然對我的態度特別嚴厲。

「不過我有一個絕對想要實現的心願。唯有這點是始終都很堅定的。」

「也就是讓偵探再度醒過來？」

我和莉露對上視線。看來她也知道這件事情。

「你對於懷抱讓死者復活的心願都不會感到躊躇嗎？」

「不，完全不會。」

我毫不猶豫地立刻回答。

「那是我不惜賭上一切也要實現的心願。」

「……是喔。」

莉露簡短地小聲回應，把視線落到腳邊。

「接下來這只是一段自言自語，是莉露不知從哪裡聽來的謠言。」

她接著先如此聲明後，重新把頭抬起來。

「這個世界上的《特異點》只有你一個人。被世界選上的你所做出的選擇就會成為這個世界的選擇。今後你肯定會過著這樣的人生。」

「……那可真是辛苦啊。」

世界這種東西，絕對不是我雙手能夠承擔的規模。然而要是有一天真如莉露所說，讓我遇上了必須身為《特異點》背負起這個世界，否則無法實現心願的狀況，到時候我又該怎麼做才好？

「好啦，買一買之後去下個地方吧。」

莉露恢復輕鬆的態度，捧著花走向結帳臺。於是我也拿著探望用的鮮花跟在她後面。

結完帳走出花店後，我在莉露的指示下坐進一班電車。看來她今天不是騎機車來的。

「要到哪裡去？今天的交流強化日應該沒結束吧？」

在搖晃的電車中，莉露聽到我發問後不知為何把身體靠近過來。

「什麼到哪裡，就是可以兩人獨處來場運動的地方呀。」

……她莫名其妙回答了這麼一句若有深意的發言。我真想現在馬上翻字典查查看「交流」的詞意。

「你有經驗嗎？」

「……妳在講什麼？」

我對自己嘸了一下喉嚨抱著自覺，把臉別開。然而在人多的車廂中我沒辦法隨意移動。

「你和那兩個女孩們之中的誰有做過那檔事嗎？」

那兩個女孩指的是誰，我大概可以猜得出來。同時覺得能夠猜出來的自己好像也有點問題。

「要這樣講，妳自己又是如何？」

我如此反問，結果莉露面無表情地眨起眼睛。接著……

「莉露認為一個人的價值並不能決定於和異性之間的交際多寡。」

「好好，妳不用再繼續講下去，我大致明白了。」

後來我們都默默不語地搭著電車，一路抵達目的地的車站。我跟著莉露踏出驗票口，內心疑惑著究竟要到何處去。結果走了五分鐘後，她說著「就是這裡」並伸手指的地方，是一座圓頂型的體育館。

進入裡面，我看到一整片的競技用田徑場。放眼望去，除了我們之外沒有其他人。莉露接著脫下外套，伸展筋骨。然後用運動鞋的鞋頭敲敲地面，轉頭對我說道：

「那麼，首先就來小跑一下吧？」

◆隨風而逝的過去

「太不講理了……」

眼前是一片藍天，背後是堅硬的地面。我全身呈現大字形躺在地上，喘著白色的氣息。沒想到全速奔跑竟是如此累人的事情。

「咱家的狗狗還真是沒出息呢。」

忽然有個人影探頭看向我的臉。

正是剛才兩百公尺短跑的勝利者——莉洛蒂德。

她表現得傻眼的同時，將一瓶大概是從自動販賣機買來的瓶裝水遞給我。於是我喝了一口之後又躺回地上，這下外套要拿去送洗可真麻煩啊。

「只不過是跑了兩百公尺而已，正常人也沒你那麼誇張吧？」

「這有什麼辦法？我可是連學校的體育課都幾乎沒出席過啊。」

而且我現在的服裝是西裝配皮鞋，怎麼想都不可能正常跑步。

「哎呀，至少你應該有比一般平均速度來得快吧？雖然比不上莉露就是了。」

如此表示的莉露倒是有如早上剛沖完澡似地一派輕鬆。我記得她好像說自己以前參加過田徑比賽。

「不過莉露的專業項目也不是跑道徑賽啦。」

「那還跑得這麼快，妳乾脆現在就去參加世界比賽算了。」

莉露輕輕微笑一下後，對我伸出手。但我沒有拉她的手，自己撐起上半身，盤腿坐在地上。結果莉露也直接坐到我旁邊。

「然後呢？妳的目的究竟是什麼？」

她特地跑到體育館來的理由是什麼？總不可能真的只是想來場兩人運動會而已。

「什麼嘛，難道你意思是說沒有特別的理由就不可以來跑兩百公尺短跑嗎？」

也不是說不可以，但通常不會無緣無故來短跑吧。

「你感覺就是那種晚上接到女生打來的電話會問對方『幹什麼』的人呢。」

「是啊，因為這樣偶爾會惹夏凪生氣。」

「你們感情可真好。」

莉露抱著腿露出苦笑。

「…………」

我覺得自己講的這個案例怎麼想都稱不上感情很好，她到底是怎麼解讀的？

後來我們延續了一段沉默不語的時間。莉露始終抱著雙腳，呆呆眺望遠方的天空。一片藍天，配上流動的雲朵。莉露平常總是忙忙碌碌地活動，這還是我第一次跟她過著如此悠閒的時光。

「剛才說妳的專業項目不是跑道徑賽，我記得妳好像說過是撐竿跳對吧？」

我對莉露提出這樣的問題。今天見面的目的是為了加深對彼此的理解。剛才在花店已經講過關於我的事情，那麼接下來應該輪到莉露了……畢竟她帶我到這裡來肯定也是想要跟我講什麼才對。

「是呀，雖然都已經是過去的事情啦。」

莉露依舊坐在地上，抬頭仰望清澈的藍天。

「莉露以前是個還算小有名氣的選手呢。在那邊國家的大會上總是排行第一或第二名。」

所謂「那邊國家」應該就是莉露的故鄉吧。她現在終究只是為了工作才留在日本的。

「明明做什麼都容易膩的莉露，卻唯有撐竿跳是一直延續的興趣，或者說已經是生活的一部分。當時也沒多想什麼，就覺得自己將來應該會繼續跳下去。」

「妳真厲害。我可是完全沒有什麼值得提出來驕傲的東西。」

「這種事情你還講得那麼驕傲。」

我和謎眼瞪過來的莉露對上眼睛，兩人頓時笑了出來。

「雖然我對比賽不是很懂啦，但妳現在應該依然很有競爭力吧？」

剛才在我眼前展現的強勁腳力。而且這兩週來我已經好幾度親眼見證莉露驚人的體能——那絕對不是只靠魔法鞋的力量而已。

「兩年前，有一場很重要的大會。」

莉露對於我的問題沒有直接回答，而是如此說道。

「會場中也來了眾多體育界相關人物，堪稱決定今後出路或選手人生的一次大舞臺。當時莉露並沒有特別害怕或緊張之類的情緒，內心只有一個念頭——想要贏過那女孩。」

「那女孩？」

「剛才不是講過嗎？莉露不管在什麼大會出賽都是第一或第二名。而當莉露是第二名的時候，第一名就絕對是那女孩。」

意思說那個人就是對莉露來講的好對手吧。

「我們之間的感情還算不錯……雖然說，畢竟念的是不同學校，只有在大會或遠征時偶爾見到面而已。而且說感情不錯也幾乎都是對方一直來找莉露講話啦。」

講話速度莫名變快又搔著臉頰的莉露，看起來實在很新鮮。

「也就是說，妳的目標是在那場大會上贏過那女孩。」

「嗯，對方應該也是一樣。」

莉露回想著往事，敘述那位身為好對手的少女。

「我們之間都刻意沒有提過那場大會的事情，不過莉露可以知道那女孩同樣很在意那場大會。那對於我們兩人來說是無比重要的大舞臺。」

可是——莉露說著，咬起嘴唇。

「那女孩沒有出現在大會上。莉露雖然獲得優勝，但並沒有贏過她。」

為什麼沒有來——我並沒有如此開口詢問。

因為我相信不需要我發問，莉露接下來就會告訴我了。

「大會前一天晚上，那女孩在自主練習的慢跑途中喪命了。」

冷風吹來。

是被殺掉的——莉露這麼說道。

我不經意看到放在一旁的鮮花。

那是莉露在來到這棟體育館之前從花店買來的白色百合花。

「有找到犯人嗎？」

我頓時覺得這真是個壞毛病。我不應該第一句就先問這種事情的。以前我甚至警告過希耶絲塔，卻沒想到自己也有一天幹出了這種事情。
「有，找到了。可是沒抓到。」
莉露抬頭遙望遠方。
那對瞇起的雙眼，彷彿在瞪著什麼東西。
「殺了那女孩的，是個世界之敵。
會把擁有優秀基因的生物殺死並吃掉的，最低級的魔人。
代號叫《暴食》。」
那個代號，或者應該說單字本身，我好像有聽過。
「冠上七大罪之名的七位魔人——政府將他們的存在合起來視為一個《世界之敵》。」
——七大罪。雖然內容根據國家、宗教或時代而多少有些出入，不過總歸來講就是自古以來被認為會導致人類墮入罪行的七種特徵性感情。傲慢、貪婪、色慾、嫉妒、怠惰、憤怒以及暴食。而莉露表示當時殺害了那位好對手的，就是其中的《暴食》。
「在那女孩遭到殺害的現場路上有一灘鮮血，但是沒留下任何骨肉。那些全部，全部都被吃掉了。被那個暴食的魔人。」

留下來的只有其中一隻腳的慢跑鞋而已——莉露如此補充。

「……當時妳已經知道關於《暴食》或《世界之敵》的事情了？」

莉露對我這個問題搖搖頭。

「當地的新聞媒體終究只是把它當成一樁獵奇殺人事件而已。但莉露怎麼也無法接受那種說法，因此自己嘗試調查了各種情報，然而外行人根本什麼也不懂……就這樣過了將近半年的某一天，莉露遇上了那個男人。」

就是史蒂芬——莉露對疑惑歪頭的我如此說道。

「他當時跟莉露說：妳很有潛力，要不要成為我們的夥伴？」

「也就是邀請妳加入《調律者》嗎？」

我並沒有聽說過史蒂芬特別負責這類的工作。不過例如幾年前，據說《名偵探》希耶絲塔就曾經從某個惡毒的宗教團體中救出了後來成為《巫女》的米亞·惠特洛克。像這種《調律者》之間提拔推薦的案例或許從以前就存在吧。

「他用各種聽起來很可疑的話語，對莉露滔滔不絕地說明了那些令人難以相信的檯面下世界。」

莉露回憶當時自己與史蒂芬之間的對話。

「什麼《世界之敵》、《調律者》、《聯邦政府》，盡是莉露完全沒有興趣的無聊內容。所以莉露就中途打斷了他那些話，只問他一句：總之，只要莉露現在立刻答應你講的東西，就能把《暴食》殺掉了嗎？」

「他怎麼回答？」

「Yes。」

莉露接著說道：

「因此莉露就在那天決定成為《調律者》了。為了有一天可以親手斃了殺掉那女孩的敵人。」

現在她的右手中沒有魔法手杖。

然而她的拳頭依然明確地緊握著什麼。

「妳現在會如此重視效率地到處打擊敵人，也是為了能早點與那個《暴食》交手嗎？」

「沒錯，只不過現在由於某種理由，對《暴食》的《世界之敵》認定已經被解除就是了。」

……某種理由，是嗎？一度被認定為世界之敵或危機，後來卻又被排除在外——我還不曉得原來有這樣的案例。不過從莉露的語氣聽起來，那個暴食魔人此刻應該還存在於世界上的什麼地方。

「那傢伙總有一天絕對會現身。所以莉露在那天到來之前要鍛鍊實力，擊倒敵人，讓政府高官和同行們明白：負責討伐《暴食》的人選非《魔法少女》莫屬。莉露絕對不讓其他人出手。」

莉露用充滿決心的眼神如此宣誓。

去年初秋的《聯邦會議》上，莉露與同行們……也就是其他《調律者》們發生過爭執。她當時主張所有《調律者》應該專心負責自己的使命，只處裡自己分配到的任務。原來那是因為她不想讓其他任何人去接觸到《暴食》。為了有一天可以確實由自己親手殺掉那傢伙。

「那麼我沒關係嗎？像我現在也還在幫忙妳的工作啊。」

「畢竟你又不是《調律者》，並沒有違反規定。」

再說——莉露說著，把臉轉向我。

「只要身為《特異點》的你在身邊，敵人肯定會自己主動送上門來。就像這兩個禮拜自從莉露跟你一起行動之後，《百鬼夜行》就確實以非常驚人的頻率不斷發生呀。」

「被鬼怪們喜歡也是教人頭痛的事情啊。」

莉露對我的玩笑話短短笑了一下，又馬上恢復認真的表情說道：

「就算人家要嘲笑我是效率主義者也沒關係。我要用我這雙腳，以最短距離實現心願。」

她的第一人稱從平常的「莉露」變成了「我」。

接著，她對我伸出右手。

「現在的我已經沒有更多情報可以當誘餌釣你上鉤了。剛才跟你講那些往事也不是想勾引你同情的意思。即便如此，我還是要拜託你：求求你，今後也繼續協助我吧。」

莉露的右手伸在我眼前。就在我準備握住那隻手的時候，忽然回想起之前聖誕節的事情。

我當時握住了夏凪同樣伸到我眼前的右手。說我雖然左手已經滿了，不過空著的右手可以為夏凪存在。

——那麼現在呢？

『我只是要告訴你，如果什麼事情都想攬到自己身上，總有一天會讓重要的東西從你雙手中被擠落下去。唯有這點，請你牢記於心。』

諾契絲對我講過的話在腦海中重播。

雙手都已經盈滿的我，現在能夠為莉洛蒂德做些什麼嗎？我原本準備伸向她的手，忍不住停止了一瞬間。

魔法少女的眼眸似乎黯淡地搖曳了一下。

「……！」

緊接著，她忽然壓住自己的胸口。

「莉露！」

她臉上很快浮現出痛苦的表情，倒在地上。呼吸變得急促，滲出大量汗水。

狀況怎麼看都不尋常。我為了叫救護車，趕緊拿出手機。

「……等、等。」

但莉露卻伸手抓住了我的手。

「車子、很快、會來……等一下、只要、上車……」

「莉露，振作點！」

魔法少女就這麼失去了意識。

◆另一位密醫

一個小時後，我來到一間舊醫院的候診室。

這裡和希耶絲塔住院的地方不同，是個像小型診所的設施。一如莉露倒下去時對我說的，後來沒多久便有一臺黑色轎車開到體育館，把我和莉露載到了這地方。

候診室沒有其他患者，甚至連診所櫃檯都看不到人。

在等待莉露治療結束的這段期間，我一下坐到長凳上又一下站起來。時鐘的秒針聲響聽起來莫名響亮，或許證明我心情很焦急吧。然而現在我什麼事都做不到，只能默默等待治療結束。

「久等了。她已經穩定下來。」

後來又經過三十分鐘，醫生才從治療室中走出來。

這位髮色花白，年約五十多歲，身材細瘦的醫生告訴我，莉露的狀況似乎安定下來了。忍不住站起身子的我這才鬆一口氣，又坐回椅子上——看來莉露平安無事。

「她的身體有什麼問題嗎？」

我如此詢問似乎負責治療莉露的這位醫生。

莉露剛才是身體忽然出現異狀，難道她其實患有什麼宿疾嗎？明明她至今看起來都不像是什麼體質虛弱的人。

「這少女原本是個運動員，肉體甚至是完美過頭的程度。至少可以確定她不會遭受什麼病魔侵犯，本來應該是非常健全的身體。」

醫生用低沉而含糊的聲音如此說明莉露的身體狀況。

當中「本來應該」這句話讓我感到有點在意。但同時讓我更加在意的是，對莉露的健康狀況掌握到那麼詳細的這個男人究竟是何方神聖。

「你是什麼人？」

「是個密醫。」

男人消瘦的臉頰上刻出皺紋，用這樣簡潔的頭銜說明自己。

「感覺好像是在哪裡聽過的職業。」

「沒錯，現在也許浮現在你腦中的那個人物的確跟我有關係。畢竟當初指示我要為躺在治療室中的那位少女診療的人也就是他。」

印象中莉露也講過這種話。她說現在不是史蒂芬，而是由另一個人物負責幫她保養身體與武器。那就是這位密醫嗎？換言之，應該可以判斷這傢伙對於檯面下的事情也有掌握到一定的程度。

後來這位密醫報上自己的名字，說他叫做「德拉克馬」。是本名嗎？或者應該是稱號……類似代號的東西吧。

「話說回來，為什麼莉露倒下之後立刻就有車子來接我們？我想那位司機應該是《黑衣人》吧。」

「這關係到患者的保密義務，我沒有辦法向你說明。」

畢竟我好歹也是個醫生——德拉克馬如此淺淺一笑。

「那麼說到底，莉露為什麼會倒下去？你說她不是生病對吧？」

「我的回答是一樣的。你等她醒過來後再去問她本人。當然，我無法保證她會不會告訴你就是了。」

兩人之間陷入尷尬的沉默，然而我也沒辦法丟下莉露自己回去。

於是我對依然留在這裡的德拉克馬開口表示：

「既然你是連那個史蒂芬也願意託付工作的名醫，我想要請教你一件事。」

「不是名醫。是密醫。」

德拉克馬如此自嘲。這是他短短一瞬間第一次露出像個人類的表情。

「如果是跟這位患者無關的事情，我可以回答看看。」

沒錯，我準備要問的並不是關於莉洛蒂德的事情。

「我認識一名心臟患有重大疾病的少女。」

聽到我這麼一說，德拉克馬立刻眯起眼睛。

「目前醫生的講法是，除了移植之外沒有其他治療手段。然而器官捐贈者並不是那麼容易就能找到。假如是身為密醫的你，除此之外還能想到什麼治療方法？」

「只要複製一個具備完全相同基因情報的器官移植就可以了。」

德拉克馬真的就像個密醫一樣，毫不猶豫地講出這樣突發奇想的解決方法。

「你說這種事情真的有可能辦到？」

「舉例來說，擁有神之手的醫生——史蒂芬・布魯菲爾德以前甚至造出了活體仿生人。具有如此能力的男人，就算提供出什麼不需擔心受捐者會發生排斥反應的人工器官，應該也不會讓人感到太驚訝。」

……這麼說也對。實際上那個男人就曾經製造出人工心臟，使「諾契絲」這個存在得以成立。儘管如此，史蒂芬卻沒有對希耶絲塔做同樣的措施。

當然，理由絕對不是因為他怠慢。史蒂芬是個將救助人命視為自身最高命令的醫生。然而他卻沒有對希耶絲塔施行有效的治療行為，代表背後肯定有什麼我無法想像的原因。

「你知道史蒂芬現在在哪裡嗎？」

果然我還是必須跟那位醫生再稍微談談才行。於是我如此詢問德拉克馬，但就在這時……

「——君塚，立刻離開那傢伙！」

小醫院的門忽然被打開，一名少女邁步走進候診室。是夏凪。她接著並肩站到我旁邊，用銳利的視線瞪著待在稍遠處的德拉克馬。

「夏凪，妳這是做什麼？」

然而在場感到困惑的人卻只有我。德拉克馬則是莫名感到很懷念似地看著夏凪，用低沉的聲音說道：

「哦哦，好久不見了，第602號。」

三位數的編號。實在不是對一個人應該使用的稱呼。

即便如此，我依然能夠理解那三位數的編號是在指夏凪渚。因為我曾經聽過這樣的事情。

「那時候我在設施應該也跟你講過。」

夏凪赤紅的眼睛瞪著德拉克馬。

「我的名字已經被一位名偵探女孩改寫了。」

啊啊，果然。我有聽過這段往事。

也就是當夏凪還是小孩子的時候，曾經在某座孤島上的研究設施生活的事情。

而我現在看到她那樣有如見到仇人似的眼神，便當場明白了真相。

德拉克馬——是曾經在《SPES》的研究設施擔任負責人的男人。

◆惡意不存在的復仇劇

距今六年多前，夏凪渚、希耶絲塔與愛莉西亞這三名少女，一同生活在位於某座孤島上的《SPES》研究設施。

據說當時在那裡，以臨床試驗的名義將《原初之種（席德）》的遺傳基因逐步移植到人類小孩體內的行為，其目的都是為了製造出能夠讓席德自身移轉用的容器。而當時在那裡生活的小孩們，持續接受著伴隨強烈苦痛的殘酷臨床實驗。

然而有一天，希耶絲塔她們三名少女發現了設施的祕密，試圖反叛席德——最終失敗收場。

當時愛莉西亞挺身保護夏凪與希耶絲塔兩人，但由於無法承受席德的《種》造成的副作用而喪命了。目睹那一幕的夏凪受到強烈的精神打擊，導致人格被海拉取代。希耶絲塔則是被奪走關於設施的記憶，不過逃出了設施，後來將我任命為助手，踏上與《SPES》的交戰之旅——以上就是三名少女在那座研究設施迎接的故事結局。

「……就是你，在那座設施對夏凪她們……」

據說當時《SPES》也有很多人類的協助者，其中的代表案例就像眼前這位密醫。德拉克馬在我和夏凪的注視下，露出遙望遠方似的眼神。

「才過了六年多啊。我總覺得好像是遙遠的過去了。」

「你的立場可沒資格講得那樣事不關己吧。」

德拉克馬的態度讓我難忍憤怒。

剛才我在講心臟移植的話題時，他肯定知道我說的患者就是希耶絲塔吧。然而他卻表現得彷彿跟自己毫無關係，用平淡的語氣跟我說話。明明這男人毫無疑問就是造成希耶絲塔現在這樣的遠因。

「那之後，妳喉嚨的狀況可好？」

德拉克馬忽然對夏凪如此詢問。

夏凪的肩膀瞬間彈了一下後，「喉嚨？」，表現出感到奇怪的態度。

「就是席德的《種》造成的影響啊。那東西會對人體器官造成甚大的影響，雖然有時能夠擴張細胞或器官的功能，但有時也相反地會留下嚴重傷害。」

德拉克馬的說明讓我腦中頓時浮現幾個例子。

蝙蝠的「耳朵」、齋川的「眼睛」、希耶絲塔的「心臟」……那麼夏凪呢？

難道就是他講的「喉嚨」？

「那個器官目前還沒有一個具體的名稱。不過最近的研究中已經發現，在人類的鼻腔與咽喉之間藏有一個像是器官的未知物體。而席德的《種》推測應該扎根最深於妳的那個器官，使它獲得了特別的功能。」

「在我的喉嚨？跟紅色眼睛又不一樣嗎……」

夏凪輕輕觸摸自己的喉嚨，沉默思考德拉克馬這段說明。

主要在她身為海拉活動的那段期間，她使用過某種類似洗腦讓他人聽從自己命令的能力。而現在德拉克馬公布答案，原來那與其說是靠紅色眼睛，實際上是透過喉嚨附近的某種未知器官發揮的力量。並非靠眼力，而是靠聲音——也就是「言靈」了。

「或許正因為席德是將人體原封不動地直接複製的關係，才甚至讓人類自己都還未知的器官獲得了特別的力量吧。」

德拉克馬說著，回憶過去般瞇起眼睛。

「為什麼你當時要協助席德？」

「你真的想知道那種事情？」

他如此反問我。

「假設我在這裡說明自己有過一段值得同情的過去，或者令人能夠理解的動機，你們真的就會感到滿意了嗎？」

這實在有理到令人火大的地步。就在我準備對此反駁的時候，德拉克馬輕輕伸出手指。

「至少現在看起來，那女孩子並沒有特別想要知道答案喔？」

我這才發現，夏凪把臉別開了。

……沒錯，現在最該優先考慮的是她的心情。不願意回想起有過痛苦經驗的過去也是理所當然的心理。既然這樣，我什麼都說不出來了。

其實我很想讓這醫生開口道歉。只要想想夏凪、希耶絲塔與愛莉西亞承受過的待遇，他理當懺悔自己從前的罪過才對……然而那是我的私情。並非當事者的我，根本沒有擅自洩憤的權利。這點我很清楚。

「但是抱歉，夏凪。我只有現在了。」

不久之後，我將成為一個大人。只要再過兩年，我毫無疑問就是成年人了。到時候想必會變得比現在更懂事，凡事更加冷靜，情緒激動的次數肯定也會減少吧……所以原諒我，夏凪。這是我最後可以把怒氣發洩在這傢伙身上的機會了。

「君塚……」

在夏凪的觀望下，我步步逼近德拉克馬。這個身高與我差不多，身穿白衣的細瘦男子。這傢伙害夏凪、害希耶絲塔、害愛莉西亞受過多少折磨？

然而，最關鍵的那句話我卻講不出口。這股憤怒與悲傷，以及喪失逝去的存在——我腦海中浮現不出任何足以填補這一切的話語。

「我感到很抱歉。」

首先開口的，是德拉克馬。他用依然缺乏表情變化的那張臉，對我……不，對過去那三位少女道出了謝罪的話語。

「過去我曾為了自己的使命與目的，奪走了受試者們的時間、記憶、人格、生命。奪走了一切。」

現在我謹此重新表示歉意——德拉克馬如此說道。

沒有表現任何抵抗，沒有像反派老大那般放聲大笑、嘲諷我們。一如我內心所想的要求，他道歉了。

我不清楚這男人原本的個性、態度或樣貌如何。搞不好從前是個更有如邪惡象徵的男人。

但至少現在的德拉克馬已經不是邪惡到我們必須打從心底氣憤、憎恨、對抗的敵人。隨著歲月風化的惡人，如今已成了一個眼神空虛的普通中年人。邪惡並不會永遠等待正義來打倒自己的那一天。

「所以，莉洛蒂德也是……」

我不經意回想起剛才那女孩在體育館跟我講過的話。魔法少女想必也在擔心害怕，自己的正義可能有一天變得無法伸張。我如今才有種自己重新理解了她那份心情的感覺。

「德拉克馬，只有一件事我要告訴你。」

面對這個甚至已經不是敵人的男人，有一點我依然必須在最後講清楚。

「你不可能奪走一切的。」

唯有他剛才講出的這句話，我無論如何都要糾正才行。

「愛莉西亞的確喪失了性命，但她保護自己最重要的夥伴們奮戰到了最後。希耶絲塔雖然失去記憶，但唯有自己必須打倒的敵人她一直都沒有忘記。夏凪渚也是即便曾經一度失去人格，但現在又重新找回自己站在這裡。她們這些值得驕傲的部分，你永遠無法奪走。」

連我都覺得自己簡直亂七八糟。剛才明明想要讓這男人道歉，現在卻恰恰相反。

然而這個叫德拉克馬的男子並沒能對夏凪、對希耶絲塔、對愛莉西亞造成任何一點傷害。她們的靈魂，她們的自尊絕對沒有受到任何玷汙。所以——

「——君塚。」

有如一陣柔和的微風吹拂般。

夏凪輕輕靠到我的肩上。

「謝謝你，為了我們那樣生氣，那樣哭泣。」

哭泣？妳說誰哭了？——我這麼疑惑的同時，才發現自己的視野有些模糊。

看來要成長為一名出色的大人，果然還需要一段時間啊。

「犯下罪過的人能夠做的事情，並非絕對只有贖罪。」

夏凪代替我繼續對德拉克馬說道。

「我們真正必要的，是重新做人。」

她同樣也背負著海拉犯下的罪過。

想必正因為是那樣的她，才能講出這樣的話。

「至少，你不必對我道歉，也不需要為我贖罪。反省或辯解都沒有需要。既然你是個醫生——就要拯救更多的人。」

德拉克馬依舊面不改色。

並沒有發生他被夏凪的激情所感動而落下眼淚，這種彷彿電影情節的事情。畢竟那個階段早已結束了。現在的德拉克馬甚至連敵人都不是。

今後肯定還會再遇上類似的狀況吧。總有一天會出現夏凪的激情無法通用，抱著不講理的惡意試圖改寫一切的對手。當那樣的人物成為敵人現身在我們面前時，夏凪究竟……我們究竟要怎麼做？某個男人的身影忽然閃過我的腦海。

「魔法少女還需要再稍微靜養一段時間。等她醒來時我會聯絡你。」

德拉克馬接著交給我一臺平板電腦。畢竟我莫名有種不想把自己的聯絡方式告訴這男人的想法，所以我很慶幸他會主動這麼做。我和夏凪互看一眼後，轉身離開。

「我姑且再問你一件事。」

夏凪忽然停下腳步，背對著德拉克馬開口詢問：

「從前你在那個地方，賭上自己的人生究竟想做什麼？」

一瞬間的沉默之後……

「我想要研究如何造人。」

或許我當時也想要成為《發明家》吧——德拉克馬說道。

「假設有一天史蒂芬把他的位子空出來，你也辦不到那種事的。」

夏凪沒有回頭，留下一句話後離去：

「因為無論從前或現在，世界最強的發明家都是小愛呀。」

◆呼喚偵探的雨聲

離開醫院後，我和夏凪繼續並肩走在一起。

剛才在院內發生的事情不斷在我腦中迴盪。我為了切換思緒而抬起頭，發現天上不知不覺間烏雲密布了。

「感覺要下雨啦。」

「真的呢。明明氣象說今天會放晴的。」

我們接著沒再多說什麼，踏著小小的步伐走在柏油路上。

現況下沒有什麼特別目的，只是單純的散步。然而就這樣走向最近的車站沒關係嗎？現在不曉得莉露還要多久才會醒來，因此我或許應該暫時先回家一趟吧。

「只講完天氣的話題，接著就一直沉默。」

這時，夏凪忽然忍不住噴笑出來。

「又不是什麼初次見面的對話。」

「抱歉，我剛剛在想事情。」

我輕輕咳了一下後，切換到關係還算不錯的人之間才會聊的對話：

「聽說如果把瀉藥跟止瀉藥一起吃下去，會是瀉藥發揮效果讓人拉肚子喔。」

「你聊天技巧也太差了吧？」

夏凪露出難以置信似的眼神看向我。

「雜談跟雜學的界線還真難區分。」

「雖然現在也不是那麼深奧的問題就是了。」

「儘管嘴上這麼講也依然願意陪我閒扯的夏凪，我很喜歡喔。」

「好啦好啦，謝謝你給我一句全世界最沒誠意的喜歡。」

夏凪氣嘟嘟地甩動她的手提包。雖然我們昨天用那樣糟糕的方式道別，不過現在依然保持著一如往常的互動，讓我不禁鬆了一口氣。

「話說妳為什麼會知道德拉克馬的下落？」

剛才那樣的狀況中讓我沒機會問夏凪這點，不過她今天究竟為什麼會來到德拉克馬的醫院？

「因為我跟大神先生一起在調查史蒂芬下落的過程中，查到了德拉克馬的存在。雖然調查吸血鬼的事情也很重要沒錯，但對我來說，找到史蒂芬問話是同樣重要的事情。」

「……原來如此，為了從史蒂芬口中問出讓希耶絲塔醒來的方法提示嗎？」

夏凪為了這個目的一直在行動。她之所以會那麼輕易接納政府派遣來的大神原來也是這個理由。也就是為了實現心願，不擇手段。

「話說那個大神怎麼了？今天沒有跟妳一起行動？」

「沒有，因為我本來打算自己一個人來做出了斷的。」

……哦哦，夏凪今天是為了這個目的來找德拉克馬啊。

「假如是這樣，很抱歉我礙了妳的事啦。」

「啊哈哈，我沒想到君塚也會在那裡，嚇了一跳呢。」

夏凪說著，超前了我幾步的距離後……

「不過，果然還是要慶幸有你在呀。」

她轉回頭，對我莞爾一笑。

「至於你，是為了那女孩到醫院來的對吧？」

那女孩當然就是指莉洛蒂德了。

「你真的對她很好呢。」

夏凪如此隨口一說，又繼續往前走。

「很抱歉，最近都沒有跟妳一起行動。明明我是妳助手的說。」

「那個位子搞不好有一天真的會被大神先生取代喔？」

比任何事都要刺痛我心的一句話從她口中說出來了。

「儘管如此，你還是放不下那女孩對吧？」

「嗯，是沒錯啦。另外，我總莫名覺得她跟妳有點像，所以忍不住會跟在身邊。」

「咦，是喔？難道我們角色重複了嗎……」

夏凪拿出手機，用相機功能看著自己的臉，捏捏臉頰。我講的並不是長相的問題啊。

「嗯，話說為什麼感覺跟我很像就會想跟在身邊？」

「這麼說來，假如想要鼓勵像莉洛蒂德這種類型的人時，妳覺得怎麼做比較合適？」

由於夏凪好像要察覺什麼多餘的事情，於是我立刻換了個話題。而且我想莉露跟夏凪之間肯定有什麼相通之處才對。

「嗯～就算是平時看起來毫無破綻的女孩，也總有內心其實想要被誰疼愛的瞬間吧？尤其像是遇到沮喪或虛弱的時候，應該會希望自己平常的努力受到認同。」

「原來如此。雖然具體上要怎麼疼愛，感覺很難就是了。」

尤其個性剛強的莉露被人疼愛的模樣實在無法想像。

「例如摸摸頭如何呢？」

夏凪抬起眼睛看向我，同時稍微把身體彎低。

「原來如此，很有參考價值。」

「例如摸摸頭如何呢！」

看來夏凪現在很有精神的樣子。太好了，太好了。

「嗯，下雨？」

就在這時，我的頸部忽然有種被水滴到的感覺。

雨滴一滴接著一滴開始落下，最後一口氣變成了大陣雨。

「看，君塚你反省一下。」

「我可不記得自己還有雨男體質啊。」

沒有帶傘的我們發現有個可以暫時避雨的屋簷，於是準備往那裡跑……卻忽然有一輛車停在我們眼前。

而且不是什麼普通車輛，而是一臺警車。車窗接著打開，讓車上的駕駛露出臉來。

「嘿，臭小鬼。要上車嗎？」

是紅髮警察——加瀨風靡。

我和夏凪短短互看一眼後，立刻坐進車後座。果然出外就是要靠認識的警察啊。

「謝謝，不過為什麼妳會在這裡呢？」

夏凪用手巾擦拭著有點被淋溼的頭髮，同時如此詢問風靡小姐。警車這時已經往前開出。

「其實剛才我接獲通報，說前面有一棟很大間的辦公大廈似乎整棟都被什麼人占據了。我正在前往現場的途中。」

「挾持人質嗎？犯人的人數和武器呢？」

我這麼詢問後，風靡小姐用後照鏡瞥了我一眼回答「一個人」。接著……

「很有趣的是，據說那傢伙不是人類，而是外觀像天狗的存在。」

夏凪頓時疑惑歪頭。不過聽到天狗這個詞，我心中立刻有數了。

「是《百鬼夜行》之主。」

其實剛好就在昨晚巡邏的時候，莉露提過那個存在。

——白天狗。

據說那是平日居住在遠離人煙的深山中，不過當要對人類發出什麼重大警告的時候，就會帶領大批妖怪和精靈現身的《百鬼夜行》之主。在背後率領昨晚那群白色烏鴉的，似乎也是那個叫《白天狗》的老大。

「……然後呢，風靡小姐？妳總不會想叫我們去處理吧？」

「哎呀～能夠偶然接到你們上車真是太好啦。看來今天老娘運氣不錯。」

看來這臺警車並不是什麼免費計程車的樣子。風靡小姐剛才說她接獲通報，我看八成也不是來自一般民眾，而是《黑衣人》共享的情報吧。

「老娘也很想出面處理呀。可是那個魔法少女肯定不喜歡被別人插手干預自己的工作吧？」

「照那樣講的話，我們不是也……啊，原來如此，君塚就沒問題了。」

夏凪輕輕敲了一下手心。

「我會用警察的身分假借交通管制的名義驅散民眾，你們就放心吧。」

「根本沒什麼值得放心的要素啊……」

如此這般，警車抵達了現場附近。

天氣早已超過局部性大雨的等級，甚至從人孔蓋和排水溝都有水倒灌出來。之前聽說《百鬼夜行》有時會以肉眼可見的自然現象方式顯現。假如現在莉露在這裡，大概會說明這是《白天狗》透過操作天氣來誇示自己的存在吧。

「在那裡。」

風靡小姐從駕駛座伸手指向一棟高樓大廈。《白天狗》就在那裡嗎？

「可是真的應該由我們出面嗎？」

對方好歹是《百鬼夜行》的老大。根本不是專家的我們就算去了，恐怕也沒辦法解決問題吧。果然還是等莉露的身體狀況恢復……

「聽見了。」

夏凪如此輕語。

「我聽見有人的聲音。」

她目不轉睛地看著那棟大廈。

難道有誰在那裡？夏凪聽見了誰的聲音嗎？

「有人在求救。」

現在距離這麼遠，不可能聽得到才對。而且天空還在打雷，恐怕是她聽錯吧。

……要這樣解釋很簡單。可是……

「風靡小姐，姑且請妳保持隨時能夠聯絡的狀態。」

「搞什麼，到頭來你還是很有幹勁嘛。」

「畢竟歷代偵探們讓我學到了，所謂的故事就是要靠這樣推動下去啊。」

聽到我這麼說，風靡小姐跟著講了一句「歷代，是吧」並淡淡一笑。

「這是給你的伴手禮。」

她接著在駕駛座上把身體往後一扭，將某個漆黑的玩意遞給我。

「要是被抓包，妳絕對不只被革職就能了事吧。」

「放心，那是我的私人物品。」

「警察居然帶著私人槍械出門，這世界簡直沒救啦。」

我和夏凪接著一起下車。

為了去尋找那位將聲音傳到偵探耳中的委託人。

◆天墜之凶

幽暗的辦公大廈中看不見人影。

我本來以為是引發這樁恐怖行動的《白天狗》把人們趕出去的，可是又感覺沒什麼爭鬥過的跡象。簡直就像基於某種因素，大樓內打從一開始就沒有人了。

「因為停電沒辦法工作，所以大家都提早回家了之類的？」

「有可能。比起天狗造成神隱，我寧願相信這種說法。」

我把手機當成手電筒，「再往裡面走吧」地跟著夏凪一起爬上樓梯。這棟辦公大廈似乎有三十五層樓，但是電梯由於停電無法使用。所以我們走樓梯，一層一層確認有沒有人……以及確認《白天狗》的存在。

「妳還有聽到剛才講的聲音嗎？」

「嗯，在更上面。雖然我聽不太清楚究竟在講些什麼。」

只有夏凪可以聽到那個神祕的聲音。這究竟是什麼原理？不過人說凡事必有理由或原因，所以時間才能順利流動，讓地球持續運轉而不會產生矛盾——至少表面上看起來是這樣的。

然而世界上確實也有扭曲的部分。只是眼睛看不見而已，矛盾依然存在。而在不為人知中消解這類差錯的人物，舉例來說就像《黑衣人》們，然後相反的例子恐怕就是《百鬼夜行》了。那些眼睛無法看見，本來不應該存在於這個世界上的百鬼們，會透過自然現象使那些矛盾之處浮上檯面，主張自己的存在。

我們就這樣花時間在大樓內到處巡視，大約過了四十分鐘後才總算發現了可能的目標。在二十七樓的大廳，那傢伙背對著一扇巨大窗戶佇立在那裡。

「……那是、什麼？」

夏凪帶著難掩緊張的表情，注視位於前方約十公尺處的百鬼之主。不過正確來說，我們並不確定那究竟是不是《白天狗》。假如按照剛才事前聽說的印象，就算對方的外觀再怎麼奇形怪狀，我們或許還能接受得稍微容易一些。然而……此刻佇立在那裡，支配著這棟辦公大廈的，竟是一隻狗。

並非一般人印象中有著紅色鼻子的天狗——而是一隻白狗。

不過牠很明顯不是什麼普通的流浪狗。畢竟再怎麼大型的犬種，也不可能像眼前這傢伙一樣擁有全長超過三公尺的身體。

那隻像狼的白狗用一對金色眼睛默默注視著我和夏凪。現場的緊張氣氛令人無法動彈。或許被蛇盯上的青蛙就是像這樣的感覺吧。

「君塚，要怎麼辦？」

夏凪拉著我的袖口。雖然現在找到了目標，但接下來又該怎麼做？我回想著昨天莉露當作聊天跟我說過的《白天狗》封印方法，並付諸實行。

「你就是百鬼之主嗎？」

我索性嘗試與對方交談……但是沒有回應。那也是當然的，因為對方是狗。

相對地，夏凪則是用同情的眼光看向我。

「君塚，原來你是那種因為沒有朋友所以無止盡對著寵物講話的類型呀……」

「太不講理了。我只是想說既然會叫天狗，或許也聽得懂人話啊。」

而且這是身為專家的莉露自己講過的事情。

「《白天狗》的處理方法就是傾聽對方的訴求，僅此而已。」

但如果最關鍵的語言無法相通就根本沒轍。這跟昨晚那群白烏鴉是相同的狀況。

「早知道這樣，我就當莉露的寵物當得再徹底一點了。」

「拜託你不要有那種如果同樣是狗，或許就能溝通的膚淺想法好嗎？」

就在我們如此閒扯的時候，《白天狗》彷彿是理解了我們的意思般忽然動起來。緩緩撐起牠巨偉的身軀，大大張開口。

「■■■■■■■■■■」

牠似乎講了什麼，但我聽不懂。我耳朵聽到的只是野獸凶猛的叫聲，怎麼聽都不是具有意義的話語。

「——咦？」

一旁傳來當場愣住，或者像是感到驚訝的短促聲音。是夏凪。她接著看起來內心有些動搖地問道——「原來是你嗎？」

「難道說，妳從剛才一直聽到的聲音就是牠？」

「嗯，從我們進入大廈之前，就是這個聲音一直在對我說話。不會錯。」

「原來如此，竟然是夏凪比較有當寵物的潛力啊。」

「小心我加倍殺死你！不是那樣啦。」

夏凪表情認真地對我說道：

「是《言靈》呀。」

這個詞讓我肩膀忍不住彈了一下。

剛剛在德拉克馬的醫院也有提過這個能力。海拉恐怕是除了透過那對紅眼之外再加上那項能力，強制讓別人聽從自己命令的。

「嚴格來講，這跟那孩子的能力有點不一樣。不過，該怎麼解釋才好？就像是發言者的話語（聲音）會直接傳入腦中的感覺。」

「……老實說，我完全搞不懂。但總之妳能夠靠感覺理解《白天狗》在講什麼就是了？」

好像是那樣——夏凪有點沒自信地如此點頭。

或許正因為她過去曾經精通《言靈》的能力，所以現在也能聽懂《白天狗》的話語吧。我本來以為自從海拉的人格從夏凪體內消失後，她應該也完全喪失了那個能力的說……

「[redacted]」

《白天狗》又說了些什麼。夏凪點點頭試著幫我口譯：

「牠說：『自己是做為百鬼的代表來到這裡，想要讓你當我們的使徒。』這樣。」

你知道使徒是什麼意思嗎？——夏凪接著如此問我。看來她果然即便不明白話語的意思，話語也會自然浮現在她腦中。

「我猜想牠大概是想要叫我們……不，應該說想要叫妳擔任類似傳達者的角色吧。」

夏凪點點頭，繼續傾聽《白天狗》講的話。

「這世界上有幾種用來記錄過去或未來的裝置。神聖之書，結束之鐘，上鎖的盒子，以及像自己的存在也是如此。這些都是為了提出警告而存在。」

或許因為夏凪也並非完全能夠聽懂的緣故，斷斷續續地為《白天狗》代言。那傢伙所謂的「警告」究竟是什麼？

「像是『不要對安靜沉眠的百鬼造成威脅』之類，對人類的警告嗎？」

「不是。」

夏凪對我的假說立刻搖頭否定。

「牠在告知我們。」

告知什麼？

「照這樣下去，在不久的未來，無論百鬼或人類，大家都會被巨大的災禍所吞沒。」

「巨大的災禍？新的《世界之敵》嗎？」

就在疑問接二連三湧現的同時，不知不覺間我發現《白天狗》的眼睛看著我的方向。巨獸的大嘴再度發出《言靈》，而夏凪稍遲一拍後為我口譯：

「那東西會從外側破壞世界。它擁有能夠辦到這項事情的密碼。唯有立於相反位置的存在才能夠阻止它。」

模糊不清的話語接連而來。我頂多只能明白《白天狗》是在預言，將有某種巨大的災禍，或者巨大的邪惡來襲……但密碼究竟是什麼？相反位置又是什麼意思？

就在我們等待著《白天狗》的下一句話時，我外套內側忽然有東西震動起來。我一開始以為是德拉克馬要聯絡我莉露恢復意識的事情，然而響起鈴聲的卻是我自己的手機。畫面上顯示著「加瀨風靡」的文字。

我本來想說假如遇上什麼難以應付的緊急危機時再聯絡她，但現在反而是她打電話給我，究竟怎麼回事？我抱著疑問按下通話鈕，可是還來不及說聲「喂？」對方的聲音就從電話中傳來：

『——快逃！』

那聲音大得讓人忍不住想把手機遠離耳朵。

我幾乎可以說是第一次聽到加瀨風靡發出那樣的聲音。

「嗚！風靡小姐，到底怎麼回事……？」

『那傢伙已經**爬到上面去了**！』

那傢伙？她在講誰？

我還來不及詢問，就忽然響起雷鳴。

「——！夏凪！趴下！」

不對，那不是雷鳴。那是天花板碎裂崩落到眼前的轟響。

接著從天花板開出的大洞中，**那傢伙**降落下來。

「■■■■■■■■■■■■■■■■！」

這次連我也能聽出來，明顯是《白天狗》發出慘叫。

在牠滿布白毛的巨大身軀上刺著一把大太刀。那是從天而降的亂入者使用的武器。

那名魁梧男子站在渾身是血的《白天狗》上。深灰色的身體不知是與生俱來的表皮，還是鋼鐵製的盔甲。另外還有包括軍刀與單手劍等各式各樣的刀劍，插在那男子寬闊的背部與肩膀——不對，是**長出來**嗎？

他接著從《白天狗》身上把太刀拔出來，赤黑色的血液便當場飛濺。白狗沒有再發出叫聲，已經命喪黃泉了。

「夏凪，妳退下。」

我雖然耍帥地如此表示，但其實冷汗直流。

敵人從《白天狗》身上走下來，緩緩轉向我們。

身高足足超過兩公尺的巨漢。正面轉過來終於讓我看到的臉上，覆蓋著像是鋼鐵面具的玩意。不過只有嘴巴部分露出來。

簡直有如小時候看過的圖鑑中肉食恐龍般巨大外突的嘴巴，收不進鋼鐵面具之中，口中露出實在不像人類的巨大利齒。不——應該說尖牙了。然後長長的舌頭蠢動著，大大張開的嘴巴似乎露出賊笑。

「……君塚，那是、什麼……」

夏凪抓著我手臂的手以及發出的聲音都在顫抖。

我不知道這傢伙。我沒見過這樣凶惡的存在。

但不知為何，直覺告訴我——我知道這男人叫什麼。

即便內心希望絕對不是如此，但我還是說出了那傢伙的名字：

「是暴食魔人。」

◆復仇戰場

在無人的辦公大樓中，我和夏凪正拚命衝下樓梯。

電梯依舊因為停電無法使用。若想逃出這地方，我們只能往下衝二十七層樓的樓梯。

「現在必須趁那傢伙還在進食的機會趕快逃。」

聽到我這麼說，夏凪頓時「嗚！」地摀住嘴巴。於是我「抱歉」地對她道歉，同時繼續趕路。暴食的魔人後來立刻開始吃起已經氣絕的《白天狗》的屍肉。用他巨大的嘴巴啃咬，用長長的舌頭吸血。那果然就是他名字的由來嗎……老實說我真不願意繼續去想這種事。現在要做的，就是朝大廈的出口不斷下樓。

「你知道那男人的事情嗎？」

「我知道得也沒有很詳細……不過那男人曾經是《世界之敵》。」

我將自己對暴食魔人所知的情報告訴夏凪。例如包含《暴食》在內共有七位冠上罪惡之名的魔人，而他們過去曾經被認定為《世界之敵》，但現在不知道為什麼被解除了這項認定。另外還有這個暴食魔人是莉洛蒂德的仇敵。

「那傢伙似乎有種將具備優秀遺傳基因的生物吃掉的習性。」

「……而我們現在必須逃離那麼恐怖的傢伙是嗎？」

夏凪臉色發青地繼續衝下樓梯。
樓層標示還在十九樓。彷彿無止盡延續的樓梯，讓我不經意回想起去年聖誕夜在醫院遭遇的狀況。當時我也在電梯無法使用的醫院中拚命地衝下樓梯……
「君塚！上面……！」
夏凪忽然對只顧看著腳下的我拉了一下手臂。於是我在她的催促下抬頭往上看，發現在幾層樓上方的樓梯平臺處，《暴食》正探頭望向我們。由於他戴著面具，我不知道他的視線是否真的朝著我們這裡，不過他往前突出的嘴巴確實在笑。
「夏凪，往這邊！」
我拉住夏凪的手，打開樓梯途中的一扇門進入十八樓大廳。照剛才那樣繼續往下跑，肯定立刻會被追上。於是我們奔跑在走廊上，尋找可以藏身之處。
而我不好的預感立刻猜中了。從我們剛剛還在的樓梯方向傳來宛如什麼鐵塊墜落般沉重的聲響。是魔人已經跳下來逼近我們了。我和夏凪趕緊移動到一間排列許多辦公桌的房間裡。
「暫時躲在這裡！」
我拉著夏凪的手來到房間深處，躲進一張應該是上司座位的辦公桌後面。
現在是傍晚五點半，外頭下著大雷雨。在熄燈的幽暗辦公室中，我們兩人抱著腿屏息躲藏。沒多久後，從走廊便傳來「鏘、鏘」的金屬回音，慢慢接近。

「……啊哈哈，再怎麼說也太恐怖了吧？」

夏凪雖然盡可能讓聲音聽起來明亮，但還是忍不住把臉埋在膝蓋間。

現在我們剩下的選項有什麼？

無法利用電梯或樓梯逃走。這裡是十八樓，絕不是從窗戶跳下去還能活命的高度。我們無法逃跑。

「我去引開敵人。」

既然如此，只能跟他打了。

我拿出剛才風靡小姐借給我的槍。

「只要那傢伙來了，妳就從另一邊的門逃出去。不要停下腳步，直接衝到一樓。」

「……不行。君塚你又不強，一下子就會被殺掉的。」

「放心吧。那傢伙似乎有原地吃掉屍體的習性，所以妳只要趁那段時間應該就能逃走……」

我如此說明，卻發現夏凪把頭抬了起來。

「就算是開玩笑也不准講那種話。」

她盯著我的臉，極為認真地說了一句：「要死一起死。」

「還真是沉重啊。」

「你討厭沉重的女人嗎？」

我對一臉耍彆扭的夏凪不禁苦笑。

「我一輩子都不可能討厭妳啦。」

我這麼說的同時跳出去，站到辦公桌上。

魔人已經逼近到眼前。

「很抱歉，在吃我之前先嘗嘗子彈的滋味吧。」

我扣下扳機，一發、兩發——分別擊中對方的頸部和胸口，可是都被他鎧甲般的外裝甲彈開。《暴食》接著把握在手中的大太刀扔到一旁，彎下上半身呈現前傾姿勢。那樣野獸般的動作簡直就像剛才被他吃掉的《白天狗》。他接著張開大嘴，依然對我笑著。

長舌與白牙，我要被那張嘴吞下去了嗎？……我絕對不要。《暴食》用四條腿的動作朝我撲過來，我則是跳下辦公桌，用滑壘動作穿過對方腳下。隨後從敵人的死角開一槍，子彈當場貫穿對手唯一毫無防備的嘴部。

「——！啊、■、嗚、■■！」

那是《暴食》第一次開口講話。

正確來說應該不是講話，而只是發出聲音。不過幾乎像是野獸低吼的那聲音，至少證明我對他造成了傷害。跟我一樣判斷這是個好機會的夏凪立刻跳出辦公桌，朝我的方向衝過來——可是……

「夏凪，快閃開！」

「咦？」

魔人還沒有倒下。我們即使看不到他的眼睛，但他的視線確實朝著夏凪。我舉起槍，瞄準魔人朝夏凪伸出的右手臂。然而我毫不猶豫擊出的子彈卻一反我的預想，射了個空。

不過並不是我沒有瞄準目標，或者敵人躲開子彈。就在我開槍前的一瞬間，暴食魔人不知被什麼人攻擊而飛走了。

「我聽說助手的工作應該要保護偵探，難道不是嗎？」

將一把看起來像大鐮刀的武器扛在肩上的那傢伙，態度慵懶地如此諷刺我。鐮刀的刀尖有鮮紅的血痕，而倒在幾公尺前方的《暴食》側腹可以看見一道大傷口。

夏凪確認那個狀況後，趕到我身邊。

「只要你沒跑出來，我的子彈同樣能擊中敵人啦——大神。」

那個代理助手的男人微微轉過身子，朝我瞥了一眼後「呵」地輕笑一聲。相對地，夏凪對於大神的亂入似乎也感到很驚訝地睜大著眼睛。

「你今天不是和夏凪分頭行動嗎？」

「我的任務是護衛名偵探，我一直都跟在百公尺後方。」

那幾乎是跟蹤狂了嘛。雖然很佩服他工作如此熱忱就是了。

「話說回來，沒想到你竟然是個武鬥派。」

他之前有說過自己表面上是個公安警察沒錯啦，但那把大鐮刀究竟是什麼玩意？

「只要我扛著這把東西，就不會有人死在我眼前。」

大神嘶啞的嗓音如此呢喃後，瞥眼看向夏凪。

「不管怎樣，詳細的事情都等擊敗那傢伙再說。這樣沒問題吧，名偵探？」

「嗯，放手去幹吧！」

夏凪往前伸出拳頭，把一切託付給值得信賴的搭檔。

「我這是不是完全被搶走啦……？」

我的咕噥沒人理會，大神對夏凪點頭後看向前方。相對地，暴食魔人儘管側腹部流著血也依然重新站了起來。《暴食》的咆哮成為開戰信號，他張開大嘴，蠢動長舌，拔出長在自己背上的兩把太刀。成為二刀流的魔人這次用雙腳朝我們走過來。

「我不會花太多時間，仇敵由我討伐。」

——仇敵？我還來不及發出疑問，大神便壓低姿勢擺出戰鬥架勢，把大鐮刀水平一掃，迎擊對手。

伴隨激烈的金屬聲響，雙方展開貼身肉搏。若論武器數量，《暴食》具有壓倒性的優勢。就算刀被折斷一把，他又能立刻從肩膀或背部再拔出下一把刀劍。

令人不解的是，即便如此戰況依然不相上下。老實說，從體格上看起來大神怎麼想都應該沒有那麼大的力氣。然而從剛才開始，《暴食》的攻擊都沒有碰到大神的身體任何一次。或許可以簡單說那就是大神壓倒性的戰鬥天賦，不過……

「這地方太窄了。到外面去打吧。」

大神說著，連同大鐮刀一起把《暴食》往前推，就這麼撞破辦公室窗戶飛出去了。

我和夏凪連互看一眼的時間都沒有，趕緊奔向破掉的窗戶邊。

接著映入眼簾的景象，是那兩人一邊從十八樓的高度往下掉落，還一邊用各自的武器激烈互砍。

「君塚，我們也跟上！」

「……嗯，快點下樓吧。」

話雖如此，但我們總不可能也跟著從這裡直接跳下去。於是我們再度回到樓梯，馬不停蹄地一口氣衝下十八層樓。接著打開門，來到大廈外面。

太陽已經下山。剛才那場豪雨幾乎快停了。我們奔跑在小雨中，尋找那兩人的戰場。

「君塚，你看！」

那兩個傢伙就在距離剛剛那棟辦公大廈稍遠處的十字路口。

相對於肉體損傷變得比戰鬥剛開始時更加嚴重的暴食魔人，大神則是雖然可以看到一些衣服上的髒汙和身體擦傷，但雙腳依然站得很穩。雙方保持幾公尺的距離互相對峙。一決勝負的時刻已經逼近了。

「《暴食》，你的罪由我來承擔。」

大神說著，重新握起鐮刀。

喪失武器的暴食魔人張開嘴巴，無力地吼叫。

「其他任何人都休想殺掉這傢伙。」

——槍聲響起。一發子彈穿過我、夏凪與大神旁邊，命中《暴食》。伴隨令人不禁想摀起耳朵的咆哮聲，敵人當場跪倒在地。

這究竟是誰幹的，不用回頭我也能猜到。

會講出那種話的只有一個人——就是莉洛蒂德。

頭髮淋溼、身穿便服的魔法少女步履蹣跚地現身。手上握的不是魔法手杖而是一把槍，一步一步地走向仇敵。

「誰都不准礙事。殺了這傢伙。莉露要殺了這傢伙。這就是、唯有這就是莉露的——」

霎時，莉露的身影消失了。

下一秒映入我眼簾的，是撲到《暴食》身上的莉露把槍塞進了敵人口中。《暴食》當場咬住莉露的右手，然而莉露面不改色地扣下扳機。槍聲沒有響起。敵人的牙齒已經把槍咬碎了。

「給我放開莉露……！」

我擊出的子彈被《暴食》躲開。

然而由於那一瞬間的機會，敵人強勁的嘴巴鬆開了莉露的手臂。大神見狀立刻抱住莉露將她救出來，與《暴食》拉開距離。

「蠻勇是一種罪過。」

「你、放開！」

可是莉露卻甩開大神，任手臂流著鮮血又朝《暴食》而去。

「唯有那傢伙！唯有那傢伙一定要由莉露親手宰掉！否則不管過了多久，那一天……**和弗蕾亞的約定就**……！」

莉露說著，把沾滿血的手臂伸向遠方……

「場面好像有點混亂過頭了吧。」

這時傳來了什麼人的聲音。

「許多人物、許多意圖互相交錯，讓故事變得難以收拾了。」

直到剛剛還沒有在現場的，第三者的聲音。

我聽過這聲音。甚至應該說我正在尋找這個人物。

然而，我並沒有期望那人物會現身在這個狀況中。

太陽已經沉落的街上一片幽暗，那傢伙不知從何處忽然現身。

「不過用不著擔心，全部交給我吧。誰想殺掉誰？誰想讓誰活下去？這些心願我全部都可以幫忙實現。沒錯——只要是身為吸血鬼的我。」

蒼白之鬼——史卡雷特。我們一直在尋找的吸血鬼竟偏偏挑在這個時機自己現身，走向呼吸凌亂的《暴食》身邊。

「嗚！史卡雷特，為什麼你現在會出現在這裡？」

「哈哈，好久不見了，人類。你還是老樣子，臉上總會浮現莫名其妙的表情啊。」

稍微學學那女人的冷靜吧——吸血鬼如此嘲笑。

他講的「那女人」，就是現在不在這裡的那位偵探。

「好啦，暫時先落幕吧。後續且待一切的準備工作完成之後再說。」

下個瞬間，在史卡雷特身旁奄奄一息的《暴食》開始消失在黑暗之中。

「嗚！等等！」

我趕緊把槍舉起來，試圖阻止他的行為——

「——君塚君彥，現在不是你出場的時候。」

吸血鬼的視線朝我看過來。霎時，我不自覺在柏油路上跪了下去。

「等、等等……！」

莉露大叫出來，然而她的聲音與伸出的手臂都無法觸及深邃的黑暗。

史卡雷特連同暴食的魔人一起，有如溶入黑影般從我們眼前消失了。

「莉露……」

在一片昏暗中，魔法少女的背影微微顫抖著。

◆註定的訣別

史卡雷特與暴食魔人離去後，剩下留在現場的我們決定移動到近處一家飯店——為了讓明明手臂受傷卻依然執意追捕敵人的莉露能夠暫時冷靜下來。

不過其實照理講，我們應該讓莉露回到德拉克馬的醫院才對。至少我是這麼認為。然而莉露本人卻堅決不願那麼做，而且……

『如果只是那種程度的傷，她沒有必要接受治療。』

德拉克馬透過電話聽完莉露的受傷狀況後，很篤定地如此表示。

雖然看在旁人眼中那絕非什麼輕傷，但一方面也由於莉露本人的意思，我們無法強硬把她帶去醫院。因此做為妥協，只好到這間飯店暫借房間休息了。

夏凪對莉露止血等等的緊急治療，好不容易才讓她躺到臥房的床上。

「真是幫上大忙啦，夏凪。」

我將剛泡好的咖啡遞給從臥房回到客廳的夏凪。

「畢竟我的人生有大半都是在醫院度過，這點程度的知識還是有的。」

面帶苦笑的夏凪接過杯子喝了一口……表情頓時變得更苦。這麼說來她不太能喝黑咖啡，於是我又把砂糖包遞給她。

「反而應該慶幸的是這裡有繃帶跟鎮痛劑可以用呢。」

「是啊，明明外觀上只是一間普通旅館飯店的說。」

與其說「外觀上」，正確來講這裡平常確實只是提供一般民眾利用的飯店。不過只要《調律者》或類似身分的人物亮出資格證件，就能接受相對應的待遇。

當然，並非世界上所有設施都能如此。只是夏凪當上《調律者》之後有獲得一份特殊的電子地圖檔案，上面會用紅色標籤顯示什麼地方有例如能夠獲得《黑衣人》協助的設施等等。

現在回頭想想，我和希耶絲塔那三年的旅行途中，有時候也會像這樣為了特殊目的利用民間的設施。我本來以為那單純是希耶絲塔的人脈異常得廣啊……

話說，假如當年充分活用《調律者》的權限，我們其實根本不需要過著那樣克難的旅行生活吧？等哪一天希耶絲塔醒來後，我絕對要好好質問她這點。

「我想我還是待在臥房比較好吧。」

夏凪端著咖啡杯，又打算回去莉露正在休息的房間。

「她不是在睡覺嗎？」

「照那女孩的個性，她搞不好只是裝睡然後趁隙從窗戶逃出去呀。」

「妳對她的個性還真了解。」

我這麼說後，夏凪輕笑一聲，走回隔壁的臥房。

就這樣，客廳裡只剩下我一個人……才怪。剛剛在戰場上除了敵人之外共有四個人——我、夏凪、莉露，以及……

「差不多可以告訴我你真正的身分了嗎？大神？」

我如此詢問透過窗戶望著屋外的代理助手。在大神旁邊，剛才砍過《暴食》的那把大鐮刀靠在牆上。從剛才那場戰鬥看起來，他怎麼想都不可能只是偵探的隨從。

「我應該講過是公安警察吧？」

「是嗎？高等警官使用的武器可真特別啊。」

我講出這樣連諷刺也算不上的玩笑話，結果大神點燃一根香菸重新看向我。

「我在檯面上的身分是個公安警察沒有錯。而在檯面下的工作也會承接《聯邦政府》直屬人物所指派的特殊任務。不過除此之外，我還有另一個身分。」

他把銳利的眼神又瞇得更細，開口表示：

「復仇者。」

霎時，我腦中回想起大神剛才對《暴食》講過的「仇敵」這個詞。

「你有什麼親朋好友被《暴食》殺掉？」

「沒錯，我的故友……不，應該說以前的工作夥伴。」

那傢伙是個《調律者》——大神說道。

「你有聽過《執行人》這個職位嗎？」

「……我記得主要工作好像是祕密處分檯面上無法制裁的犯罪者。」

我想起去年初秋出席《聯邦會議》的時候，希耶絲塔有這麼說明過。然而當時那場會議上，《執行人》沒有出現。因為他殉職了。

「具有亞洲與南美血統，年紀輕輕就同時身為日本的公安警察大為活躍的《執行人》道格拉斯・亞門——於一年前遭到暴食魔人殺害。當時《執行人》的任務就是殺掉《七大罪魔人》，然而他卻反被殺害了。」
大神用低沉的嗓音說著。
「他是為了保護一名年幼的兒童而被殺的。」
香菸的白煙裊裊升向天花板。
「當時負責對付《暴食》那些魔人，原來並不是《魔法少女》的使命嗎？」
正因為如此，莉洛蒂德才會感到更加焦急吧。
擔心《暴食》會不會被自己以外的其他人搶先殺掉。
「不過既然一年前發生過那種事情，為什麼後來魔人們的《世界之敵》認定會被解除？」
將大神那位故友——也就是《執行者》殺掉，應該是相當嚴重的大罪才對。
「因為亞門過世之後，另一位《調律者》把七名魔人之中的三名秒殺掉了。剩下的四名魔人見狀後便銷聲匿跡，於是《聯邦政府》認定那些傢伙已經無害。」
「是誰把魔人殺掉的？」
「《怪盜》亞森。」
萬萬沒想到的名字忽然冒出來，讓我霎時感到一陣寒意。
「當時由於某項罪名正在服監的《怪盜》亞森，從位於地下深處的牢籠中一瞬間就殺掉了冠有《色慾》、《怠惰》與《憤怒》之名的三個魔人。」

「……到底是變了什麼魔術？」

不過事實上，那傢伙就算真的辦到那種事情也不算非常奇怪。《怪盜》亞森過去曾經因為盜走《聖典》的罪名而入監。但據說那傢伙即使在監獄中，也能隨心所欲地操縱世界上的人們。我自己以前也和希耶絲塔一起見證過那男人所施展的一部分能力。

「另外似乎由於這項功勞獲得認同，讓《怪盜》免於死罪了。」

「也就是來自政府的特赦是吧。」

我一直很疑惑那傢伙為什麼明明犯下盜走《聖典》的重罪卻沒有遭到嚴刑，沒想到原來跟這件事情扯上關係。

「表面上問題就這樣獲得解決了。但是我怎麼也無法接受。殺掉我夥伴的《暴食》依然躲在世界上的什麼地方繼續活著。因此我為了有一天能夠親手殺掉那個怪物，一直在磨牙靜待機會到來。」

……原來如此，大神的動機就跟莉露一樣。他為了殺死仇敵，成為了一名復仇者。

「不過你現在並不是什麼《調律者》對吧？」

「是啊，很遺憾，《執行人》的工作被整合到角色類似的《暗殺者》。所以我只繼承了執行人（那傢伙）的大鐮刀，成為了普通的復仇者。為了殺死暴食魔人的復仇者。」

大神說著，注視靠在房間角落的鐮刀。他之所以會聽從《聯邦政府》的命令工作，是為了尋找接近暴食魔人的機會。而做為那項手段的一環，他當上了夏凪的隨從。然後很巧地就在今天，讓他遇見了仇敵。

「說到底，《七大罪魔人》究竟是何方神聖？」

「詳細的事情目前還不清楚。一如七宗罪之名，任憑自身的慾望所至而到處作亂的魔人們——出身不明，有一說是將武器移植到全身上下的人類，也有一說是人類與惡魔的合成獸。」

……搞不清楚真面目的敵人是最令人發毛的存在。

「唯一可以確定的是，那些魔人是象徵了人類惡意的怪物。其中又以暴食魔人的凶暴程度遠比其他魔人來得強烈。別稱**惡魔巴力西卜**。」

「也就是人稱的蒼蠅王啊。」

那是我以前在哪裡聽過的傳聞。一反那俗稱給人的印象，渴望力量而噬盡一切的蒼蠅王據說是大名鼎鼎的惡魔之中又屬最難對付的存在。

「剛才史卡雷特現身在《暴食》的身邊，對於那個理由你有沒有什麼頭緒？當時他看起來很像救了《暴食》，吸血鬼跟那傢伙之間有什麼關係嗎？」

「至少我沒聽說過那種事情。我也不敢想像《七大罪魔人》竟然會有協助者就是了。」

大神說著，深深吐出一口白煙。

「不管怎麼說，總之該做的事情很單純。就算萬一敵人真的有協助者也無所謂。包含《暴食》在內的剩下四名魔人，我一定會親手討伐。」

「為了繼承《執行人》的遺志，是嗎？」

繼承那段因為拯救無辜孩童而喪命的人生。

「用話語說明沒有意義。不過我是在充分理解了那傢伙的人生之下踏上戰場的。」

他這麼表示後，用攜帶式菸灰缸捻熄香菸。

如今總算讓我知道了大神這個人格的一部分。當然，那想必只是冰山一角……但不知為何，我總覺得剛才一瞬間從大神這個男人身上看到了另一個人物的影子。

也就是以前經常抽著跟他同牌香菸的丹尼·布萊安特。

「——你別擅自決定。」

這時忽然有聲音傳來。

轉頭一看，是右手包著繃帶的莉洛蒂德。

在她背後還有表情看起來像在擔心又像已經放棄的夏凪。

「其他三名魔人都讓給你沒關係。但是相對地，唯有《暴食》必須是莉露的獵物。不管你是前《執行人》的朋友還是什麼，任何人都不准妨礙莉露。」

或許她剛剛在隔壁房間聽著我們的對話吧。果然不是個只會乖乖躺在床上睡覺的少女。

「妳要靠現在受傷的狀態去打嗎？」

我如此詢問，結果莉露把臉別開。

「而且妳是不是還隱瞞著我什麼事情？」

今天莉露忽然身體發生異常而在體育館倒下。關於那個症狀，德拉克馬說過要我去問莉露本人，不過那意思就是說，莉露肯定有什麼無論如何都想隱瞞的理由。

「我們是搭檔。如果有什麼問題，我希望妳能告訴我。」

就算是使魔與主人的關係性，也應該沒有人規定寵物不能擔心飼主才對。

「嗯，沒錯。莉露原本是把你當搭檔。」

她微微揚起嘴角，然而露出的微笑中卻帶有寂寞。

「但你卻沒有握住莉露的手。」

「那是……」

我回想起白天在體育館，我對莉露伸到面前的手感到猶豫了。

因為我的雙手已經握住了希耶絲塔和夏凪。要是現在又握住莉露的手，搞不好最後反而會對她造成麻煩——我那樣一瞬間的猶豫，完全被莉露看穿了。

「而且莉露和你締結的搭檔契約本來就只有到打倒《百鬼夜行》為止。《白天狗》已經死了，對不對？雖然跟莉露原本想好的計畫不太一樣，但既然已經失去頭子，《百鬼夜行》很快就會平息。」

到時我們之間的契約也就結束了——莉露如此向我提出解僱通知。

「等等，莉露，我……」

「不要用半吊子的同情心跟莉露扯上關係。」

——半吊子。被她這麼一說，我頓時回想起諾契絲講過的話。

她說過我總有一天光靠雙手無法包攬眼前的所有問題。

「我並不曉得妳全部的過去。」

一名少女代替講不出任何話的我，如此對莉露表示。

「因此我並沒有要裝作一副什麼都懂的樣子對妳說教的意思，更沒有阻止妳行動的權利。不過……」

是夏凪。在那雙赤紅的眼眸中燃燒著熱焰，將她的激情化為言語：

「妳最想要達成的目標是什麼？妳是為了什麼目的活到今天，今後又要懷著什麼心願活下去？」

夏凪渚在德拉克馬面前也講過類似的自問自答。

面對奪走自己的時間、自己的朋友以及半個自己的仇敵，夏凪當時得出了一個屬於她的答案。

因此她現在如此詢問立場與自己類似的莉洛蒂德。

妳究竟要如何活下去？

「莉露的……」

少女於是提出她的答案：

「我的心願只有一個。我要用這雙手斷送暴食魔人的性命。」

莉露穿過用悲傷表情注視著她的夏凪身邊。

我已經找不出任何話語再制止她了。

【Side Reloaded】

邂逅暴食魔人，在飯店與君彥一行人道別後的當天深夜，我來到位於日本首都圈內的密佐耶夫聯邦大使館。

『深夜辛苦妳了。』

在寬敞大廳牆上的螢幕中，映著一名臉戴面具的壯年男子。他是《聯邦政府》高官——都柏文，把我叫到這裡來的人物。

雖然我不曉得他的真正長相，也從來沒有直接見過面，不過在從事《魔法少女》的工作上有像這樣做過幾次聯絡。我跟他之間就只是這種工作上的關係。因此今天他會把我叫來見面的理由，我也多少可以猜得出來。就在我等待都柏文開口提出正題的時候，他卻不知為何輕輕拍起手來。

『真不愧是《魔法少女》，竟然這麼快就解決了《百鬼夜行》的問題。』

……好虛假的一句話。明明不帶任何感情卻只有態度上裝模作樣——他每次都是這樣。

「《百鬼夜行》終究只是威脅等級較低的危機，不值得那樣誇大稱讚。」

而且這個工作不是我一個人獨自完成的，最後的《白天狗》也是一樣。因此被他那樣誇張地慰勞反而會讓人感到很不舒服。

『妳這樣嚴肅自制的個性還是一點都沒變。無論什麼樣的使命都欣然承接，總是以最少的犧牲達成最多的成果。我們對於妳那樣出色的工作表現總是感到驚嘆不已啊。』

受不了，真的有夠煩。

他難道以為我是個便利屋，只要隨便誇獎一下就會願意承接各種麻煩又骯髒的工作嗎？——是沒差啦。反正我也是隨口抱怨幾句，但唯有最大的那項心願一定要實現。

『好啦，那麼事不宜遲，要請妳繼續承接下一項使命了。』

都柏文接著如此表示。

不用講也知道，這才是今天的主題。

『巫女的《聖典》中還有預言了好幾項的危機。不過最適合讓《魔法少女》負責的工作究竟是什麼呢？』

「下一個必須解決的危機早就決定了吧？」

假如他是故意在跟我裝傻，我就主動提出來。

「《七大罪魔人》的生存者又再度現身了。也就是你們曾經一度將《世界之敵》的認定解除的怪物。」

都柏文在面具底下的表情感覺似乎改變了。

「你任命《魔法少女》，我會殺掉魔人給你們看。」

瞬間的沉默之後，都柏文開口說道：

『據說妳昨天才倒下吧？』

「所以又怎樣？事到如今你們才來關心《調律者》的身體狀況嗎？」

還是說什麼？

「難道你想說魔人的危機對於魔法少女來說太過困難？」

別開玩笑了。全部都交給我。不管是《執行人》的舊交還是什麼，其他人都休想來礙事。我不需要任何人來幫忙。君彥也是……我不會再拜託他。我一個人就能全部解決。

就這樣經過第二度的沉默之後，都柏文開口表示：

『日後再給妳指令。』

目前這就是妥協點了吧。

我判斷繼續對話已經沒有意義，於是轉身離開了大使館。

後來我騎了大約一個小時的車回家。我利用《調律者》的資格借住的那間公寓，位於一般稱為高級住宅區的地方。

然而就算住在房租昂貴的地方，家裡也沒有等待我回來的人。「歡迎回來」這種話，我已經十年以上沒有聽過了。在這裡沒有人會注意我，但我不在乎。這樣就好了。

將機車停到指定的位置，脫下安全帽時……我忽然感覺到某種氣息，立刻拿起插在背後的手杖。

「誰？」

一片幽暗之中，那個人物屈起一邊的腳坐在停車場的屋頂上。

「——史卡雷特。」

蒼白之鬼俯視著我，微微揚起嘴角。

「別那麼緊張。我們同為《調律者》的夥伴不是嗎？」

「虧你有臉說。要不是你出現，那時候《暴食》就……！」

明明再差一點，再差一點就能殺掉那傢伙的。

我咬起嘴脣，忍不住用力握住手杖。

「我也是有我的苦衷啊。不得不暫時放他逃走了。」

「什麼苦衷！為什麼《吸血鬼》會幫助魔人？」

史卡雷特明明應該站在守護世界的立場，為什麼……？

「有一點先跟妳聲明清楚，我並沒有和那個魔人聯手合作。」

「……意思說你們不是夥伴？那到底為什麼？」

「我反而認為正由於《暴食》苟活下來，對妳來說也帶來了好處喔。」

他在胡說什麼？我的心願是殺掉暴食魔人。讓那傢伙活下來不可能為我製造什麼利益。

「我就是為了說明這點才來到這裡的。」

史卡雷特說著，從屋頂上跳下來。

我一瞬間還以為《暴食》是不是也躲藏在附近，但看來那傢伙不在這裡。難道是史卡雷特把那傢伙藏匿到什麼地方去了？

「你讓《暴食》活下來的理由是什麼？所謂對我來說的利益又是？」

「要實現這點還需要花上幾天時間做準備，不過我來這裡是想給妳一個提案。」

吸血鬼接著說了一句「首先讓我問妳一個問題」之後，露出微笑。

「魔法少女，妳有沒有想要讓什麼人復活過來？」

【第三章】

◆無從選擇的人偶

從那之後過了七天。

也就是史卡雷特和暴食魔人消失蹤影，莉洛蒂德以及連大神都為了追查敵人下落而離開我們之後，過了一個禮拜的時間。出乎預料地，我因此過著每天一成不變的日常生活。

不需要再像前陣子一樣跟莉露出去巡邏《百鬼夜行》。姑且考慮到升學的事情，每天從早上就到學校出席升學考試對策的講習。放學後一如往常地到希耶絲塔沉睡的醫院報到，發點小牢騷給她聽。

像是史卡雷特他們依舊行蹤不明啦，莉露完全不理會我的聯絡啦，另外也忍不住抱怨一下關於跟兩人都有關係的史蒂芬一直找不到人的事情。就算知道不會有回應，我還是會跟希耶絲塔商量。甚至會問她「如果妳是偵探會怎麼做？」之類的問題。

當然，在這段期間我也跟夏凪討論過各種問題，也有跟米亞聯絡。例如偷偷詢問看看身為《巫女》的米亞，在《聖典》中有沒有留下什麼關於《七大罪魔人》的詳細情報。然而最後也沒有得到比大神口中所說更多的內容。

據米亞說，那七名魔人是幾年前忽然現身後，在世界各地大肆作亂凌虐。然而其中三名魔人被《怪盜》亞森殺死，其他魔人也因此銷聲匿跡。

『關於這次《暴食》再度出現的事情，不知道為什麼連我也沒能預言出來。』

我回想起米亞在視訊電話的另一頭不甘心地咬起嘴脣的模樣。她自己似乎也不清楚，為什麼對那個魔人竟然沒有發揮出《巫女》的能力。結果就是我們現在欠缺找出身為敵人的魔人或史卡雷特的方法，也沒有和身為自己人的莉露或史蒂芬接觸的手段……只能過著這樣停滯不前的日子。

不過今天，我在那樣一成不變的日常生活中來到了跟平常不同的場所——位於某棟建築物中的會客室。在這間除了我以外沒有其他人的房間中，我對著牆邊的一臺螢幕說道：

「妳會帶給我們什麼進展嗎——艾絲朵爾？」

畫面中映著一名臉戴白色面具的高齡女性。

這裡是位於首都圈內的密佐耶夫聯邦大使館。入夜後，有個《黑衣人》來到我居住的公寓，開車將我一個人載到了這個地方。政府的大人物竟然不是找夏凪而是找我見面，究竟有什麼事情？

『現在你的周圍似乎有各種事情很忙碌的樣子呢。』

政府高官艾絲朵爾開口如此說道。然而我跟她之間的關係還不到可以回應她「是啊，我確實正忙著準備升學考試」之類的玩笑話。

「今天夏凪不在這裡，沒關係嗎？」

『沒問題，因為今天是要找你講些話。』

那可真光榮。不過這似乎也證明我自身已經踏足世界的深淵到無法再回頭的地步，讓我心中莫名有一絲的不安。

『如果可以，我們其實希望你能一直保持著無知的狀態。』

艾絲朵爾似乎在面具底下皺起了表情。

她究竟想要跟我說什麼——我抱著警戒，靜觀事態。

『然而如今沒有辦法再把一切的事情都隱瞞著你了。這個世界已經以你為中心逐漸開始變動。《名偵探》、《暗殺者》、《魔法少女》，甚至連《吸血鬼》都已經跟你接觸了吧？』

「這麼說來，《調律者》們正陸續聚集到日本來啊。」

另外我和《巫女》也有頻繁在聯絡。

『這些全都由於你是《特異點》的緣故。』

……哦哦，這件事啊。不過我還是第一次從《聯邦政府》的人物口中聽到《特異點》這個詞。

『今後依然會以你為中心發生各種《世界危機》，同時想必也會與更多的《調律者》們扯上關係。』

「如果那是真的，我也太受歡迎了吧。」

雖然說唯有來自史卡雷特的好意我無法接受啦。

『只要你身為《特異點》，這世界的混亂就會集中到一個點上。』

「那並非我自願的就是了。」

『重要的永遠只有結果。』

艾絲朵爾用寒冰般冷淡的聲音如此斷言。

『有鑑於以上的理由，其實在我們之中也出現了或許將你處分掉會比較好的意見。』

這樣缺乏現實感的發言內容，害我一瞬間還聽不出她究竟在講誰。遲了一拍後我才意會那是在對我講的話，也總算理解所謂的「處分」意味著什麼。

「……再怎麼說也太不平靜了吧。順便問一下，妳是站在哪一邊的立場？」

我盡可能保持冷靜地如此詢問艾絲朵爾。

『當然，我是站在反對的立場。因為我深信保障每一個人的生命安全與和平才能維護世界的安定。』

「原來你們《聯邦政府》也並非完全團結一致。」

雖然我不清楚他們實際上是個什麼樣的組織，究竟有多少人就是了。

『對立意見完全不存在的組織也不太健全不是嗎？』

「……然後呢？今天的主題到底是什麼？妳具體上想要告訴我什麼事情？」

『正如我剛才所說，在《聯邦政府》中現在有打算把你處分掉的動作。因此我想給你一點建議。』

在畫面的另一頭，艾絲朵爾從面具底下注視著我。

『你可以回到像從前那樣也沒關係喔？』

這個提議完全出乎我的預料。

『回到你還不曉得《調律者》或《特異點》這些事情的時期。回到你與當時以為只是個普通偵探的白髮少女一起旅行的時期。或者甚至更早之前，你還沒有背負任何重擔——你的雙手還空著的自由時期。你有權利回到那樣的生活。』

她這段發言簡直就像要讓我擺脫沉重的束縛。彷彿是讓我從強制與世界扯上關係的《特異點》命運中獲得解放似的提議。

『我想你也不希望自己被捲入什麼《虛空曆錄(Akashic records)》的爭奪戰之中吧？』

「……是啊，我的確沒興趣。我自己周圍的和平還比較重要。」

從前為了爭奪那個玩意，在各大陸之間曾經爆發嚴重戰爭是很出名的故事。雖然關鍵的《虛空曆錄》究竟是什麼東西，據說只有各國少數一部分的重要人物才知道就是了。

『既然如此，你就不應該繼續身為這個世界的特異點(Singularity)。』

艾絲朵爾諄諄告誡似地如此對我說道。

我是在意想不到的形式下背負了名為《特異點》的十字架。

假如能忘記一切，回到什麼也不知道的時期，或許心情會比較輕鬆吧。

不過——

「換言之，妳這是在威脅我不要繼續跟世界扯上關係嗎？」

我解讀艾絲朵爾這番話背後的真意，如此回問。我很清楚，《聯邦政府》才不是會出自純粹的好心善意而救助人民的組織。

艾絲朵爾稍遲一拍後，開口說道：

『一些狀況下，《特異點》或許可以發揮出良好的效果。例如對你來說，讓白日夢復活是最大的心願，而那項心願也實現了一部分。然而像這樣違反世界常理的心願必定會造成**扭曲**。』

也許該說不出所料，艾絲朵爾講述起《特異點》的功過……也就是其危險性。

「我早已做好覺悟，願意承受實現心願所造成的代價。」

『那是真正能夠承擔責任的人才有資格講的話。』

光只有覺悟是不夠的——艾絲朵爾如此斷言。

『你真的可以說付出了代價嗎？』

「我……」

接下去的話，我講不出來。讓死者復活所造成的扭曲具體上究竟是什麼，我無法回答。

去年初秋，希耶絲塔曾一度醒來的契機，是因為夏凪獻出了自己的心臟。換言之，當時讓希耶絲塔復活的代價，是同為名偵探的夏凪的性命。然而夏凪後來也奇蹟似地再次睜開眼睛，如今做為我的搭檔活在世界上。

既然如此，假設因為我的心願讓世界產生了扭曲，是不是在真正的意義上我還沒付出那個代價？至少我自己本身沒有犧牲任何東西。明明那個心願是我許下的。

『從今以後，在你周圍還會繼續發生類似那樣的事情。你會與名偵探、魔法少女、巫女以及其他許多的《調律者》們扯上關係，每當改變一次世界就會產生一次扭曲。那樣的矛盾可能遲早有一天會以你自身無法承擔責任的形式出現。』

「……所以在那之前，《聯邦政府》要把我處分掉？」

『所以我的提議就是，你或許應該在那之前好好思考一下自己該怎麼做。』

話題就這麼回歸到剛才艾絲朵爾給我的提議。

把自己身為特異點的設定徹底忘得一乾二淨，選擇不再與《調律者》、《世界危機》或《虛空曆錄（Akashic records）》等等東西扯上關係的人生。

「妳想要讓我辭掉偵探助手的工作？」

『為了讓那樣的一天隨時到來都不會造成問題，我們應該也幫你準備好了替代的人才吧？』

……也就是大神嗎？名為代理助手的備胎。如果說他是我的替身，性能甚至比我還好啊。雖然說，那傢伙到頭來也把私人恩怨擺在優先，現在正擅自行動就是了。

『選擇是自由的。我們之中沒有人能夠對《特異點（你）》做出命令。』

艾絲朵爾給予我的選項。

那就是不需要再做出選擇的一條路。

要幫助名偵探，還是幫助魔法少女？要打倒吸血鬼，還是打倒七大罪魔人？要握住誰的手，實現誰的願望？《聯邦政府》給了我一個從這些不斷選擇的故事之環中脫逃出來的選項。因為他們對於雙手已經空不出來，連自己都已經無法承擔責任的《特異點》的末路看不下去了。

『無論你做出了什麼樣的選擇，我們一直都會關注著你。』

艾絲朵爾對現在還無法得出答案的我如此提出忠告。

「你們要讓《黑衣人》來監視我嗎？」

『不，還有更加接近你身邊的存在不是嗎？』

對我來說，比《黑衣人》更接近身邊的《調律者》──那種人物只有一個，就是夏凪。

『本來她做為《調律者》的能力並不足夠。然而她是唯一能夠把身為《特異點》的你控制住的存在也是事實。』

「……所以你們才會指名夏凪為《名偵探》啊。」

一切都是建立在這些傢伙的盤算之上。去年夏凪提過的疑點，奇蹟似地正中了紅心。當時她說《聯邦政府》肯定是基於某種意圖而讓自己坐在《名偵探》的位子上──不過既然是這樣……

「事情可不會輕易如你們所願。」

夏凪儘管有察覺出《聯邦政府》那樣的企圖，也依然保持著驕傲，懷抱著心願，繼承偵探的意志活著。所以──

「你們別太小看夏凪渚。」

我不等艾絲朵爾回應，便轉身離開了。

◆為你存在的故事

隔天，我一如往常地從早上就來到學校。由於是自由出席的緣故，教室裡的學生寥寥無幾，跟我不同班的夏凪恐怕也沒來學校吧。到現在還沒確定升學出路的我，坐在位子上埋頭苦讀著大學考試的考古題。

因為我把目標鎖定在私立大學的文科，所以必須準備的科目只有三科。英文對我來說本來就沒問題，社會科也能靠短期記憶硬背起來。但最棘手的就是國文了。

「小說問題應該不是靠熟背吧？」

真有種想要跟夏凪見個面，請她教教我的心情。

告知午休時間的鐘聲一響起，我就立刻帶著麵包與咖啡前往頂樓。最近一陣子幾乎都是反覆著這樣的日常生活。不過昨晚艾絲朵爾講過的話不經意閃過我的腦海。我現在之所以過著每天一成不變的日子，搞不好就是我自己在無意識間選擇了「不要選擇」所造成的結果。

「……好冷啊。」

頂樓上半個人都沒有。一月的風冷得讓人一瞬間忍不住想要掉頭回到校舍內，不過我看到頭上一片蔚藍的天空，還是決定在頂樓隨便找個位子坐了下來。這是莉洛蒂德也說過她很喜歡的藍天。

我吃著便利商店買來的麵包，並拿出手機。已經不知傳送給莉露多少次，詢問她平安與否的訊息。畫面上滿滿都是我傳出去的文字，但沒有一次得到回應。

儘管如此，我今天依然要傳訊息給莉露。堅信著沒有回應不代表對方就沒有看到——就在這時，手機忽然響起。顯示在螢幕上的名字，是個出乎我預料的人物。

「夏露啊，真是稀奇。怎麼啦？」

我喝了一口罐裝咖啡滋潤嘴巴，調整喉嚨的狀況。

『……什麼怎麼啦？是你自己上次傳了一封冗長的郵件給我不是嗎？』

這麼說來，我之前由於遲遲收不到莉露的回應，所以不知該不該說取而代之地，找夏露商量了一下關於我最近發生的事情。看來她就是為了回應而打電話給我的。

『不過你為什麼會找我啦？我們之間應該不是那種會互相找對方問意見的關係吧？』

「所以我才想說或許可以從妳那邊獲得什麼嶄新的想法啊。」

『怎麼不去找唯呢？』

「我和齋川雖然偶爾會閒聊啦，但畢竟她偶像的工作很忙碌。我總不能用太過嚴肅的話題造成她的負擔吧？」

『為什麼造成我的負擔就沒關係啦？』

夏露在電話另一頭很明顯地嘆了一口氣。

『然後呢？你到底在煩惱什麼？』

「嘴上抱怨一推卻還是願意奉陪的精神，我覺得很棒。請繼續保持。」

『我掛電話囉。』

對於曾經水火不容的我和夏露而言，現在變得能夠這樣對話算是一種進步了——我希望是進步了啦。

「要說我煩惱的事情嘛，就像我在信中寫的，有很多啊。」

『那麼哪一個問題最讓你感到頭痛？對《名偵探》來說也是敵人的史卡雷特遲遲無法掌握下落的問題嗎？還是跑去追查暴食魔人而聯絡不上的《魔法少女》讓你很擔心？』

哪個才是我最大的煩惱——我被她這麼一問，頓時答不出來了。

然而到頭來，這樣半吊子的個性或許才真正是我必須改善的壞毛病吧。諾契絲之前也清清楚楚地點出了我這個問題。

『反正我們感情也沒有很好，我就跟你直說了。』

「最近大家都對我這樣說啊。」

反過來想，搞不好根本沒有人和我感情很好吧。

『哪邊都很煩惱，哪邊都很重要——這樣有什麼不行呢？』

然而從夏露口中說出來的，卻是這樣意想不到的一句話。

『又沒有規定每個人只能有一種煩惱，也沒有規定重視的存在只能有一個。要把什麼事情擺在第一優先去考慮，要把什麼視為自己最重要的東西——應該是會根據時機狀況而產生層次變化的吧？』

夏露的思維方式彷彿正肯定了我的現況。

『舉例來說如果有個母親生了兩個小孩，要問她哪個小孩比較重要……你不覺得根本是很愚蠢的問題嗎？』

「……是啊。不過像那種狀況也會有妳所謂的層次變化嗎？」

假設有兩個自己辛苦懷胎生下來的小孩，會對其中一邊懷抱的心情特別強烈的瞬間真的存在嗎？

『會呀。像那種時候，母親就會特別擔心離自己比較遠的孩子。』

夏露講得好像自己是個有過那種經驗的母親一樣。當然，她不可能真的有那種過去就是了。

『君塚不是也一樣嗎？會有最愛大小姐的瞬間，也會有最思念渚的時候。』

「哦哦手機訊號忽然變差啦。」

我差點當場把手機摔在地上，幸好千鈞一髮之際忍住了。

『我有講什麼奇怪的話嗎？』

「……禁止妳再有下一次。」

我勉強如此擠出聲音，結果夏露感到好笑似地『好啦好啦』笑了一下。

『不過像你那樣會覺得猶豫，對什麼事物都很珍惜，絕對不是什麼壞事。』

她接著這麼做出結論。

『只是當珍惜的東西越多，被迫做出重要決斷的機會也就會隨之增加。假如想要守住那一切，也就必須具備相對應的力量。所以我覺得終究問題還是當提升自己的才幹感覺面臨極限的時候，我們究竟應該怎麼做才好。』

這想必正是因為夏洛特做為一名特務歷經過世間種種，才讓她培養出的思考方式吧。在時而面臨槍林彈雨，時而穿梭戰火的日常生活之中，她肯定做過許許多多的選擇。要保護什麼，捨棄什麼，如果想守住一切又該怎麼做。

在兩項選擇之間感到猶豫，或者讓自己重視的東西越來越多——這些本身都不是壞事。只是如果想要實現全部的心願，就不能允許自己維持現狀。想必我今後必須要想辦法找出解決這個問題的答案吧。

『抱歉囉，我沒辦法過去幫忙你。』

「不，妳已經給了我充分的提示。」

就在這時，電話中傳來遠方的飛機聲。難道她在機場嗎？

「妳又要到別的國家去了？」

『是呀，畢竟這就是我的人生。』

在齋川的慶生派對上也提過這件事。當然，既然大家都懷抱著「讓希耶絲塔醒來」這個共通的心願，我們之間的關係就不會被拆散。不過夏露終究必須為了自己的本分……做為一名活躍於世界各地的特務，踏上她的戰鬥之旅。去守護想必在世界的某個地方需要她的什麼人。

「妳要回來喔。」

電話霎時沉默了一拍。

『那當然，畢竟大小姐肯定在等我呀。』

其他人也是——夏露這麼補充。

『啊，你該不會其實是因為擔心我才寄信過來的？還故意說什麼有事情想找我商量，編了一個煞有其事的藉口。』

怎麼可能有那種事。

「畢竟希耶絲塔命令我們要好好相處啊。」

『這麼說我才想到，我們在設定上言歸於好了呀。』

我們互相輕笑一聲後，「再聯絡」地掛斷電話。

就在同時，我注意到手機有收到一則網路通知。是齋川唯在簡易動畫投稿網站上開始直播的通知訊息。

「……糟糕，都已經過十五分鐘了。」

我不禁對自己犯下的失誤焦急發抖，趕緊點開網頁連結。

結果畫面中立刻出現便服打扮的齋川唯，似乎正一邊唸著粉絲們即時送來的留言一邊閒聊的樣子。就在我打算也送出什麼留言的時候，忽然注意到齋川表情認真地注視著這裡。

『現在在觀看這個直播的觀眾之中，應該也有人正為了各種事情感到煩惱吧。』

看來現在的話題是在認真討論什麼煩惱諮詢。

『不過我覺得，那是證明了你發自內心珍惜那個導致你煩惱的事物。』

當然，齋川並沒有真的看著我。她注視的是攝影鏡頭。

但她是對著鏡頭另一側許許多多的粉絲們訴說想法。

『正因為真的感到珍惜，所以會認真煩惱，會猶豫許多問題。我認為那絕對是可以感到驕傲的一件事……其實我自己以前也曾有過那樣的時期啦。』

齋川說著，靦腆地笑了一下。

她講的煩惱與猶豫，大概就是指去年我跟夏凪也陪在她身邊一起觀望過的那件事吧。

然後現在，齋川面對著和當時的自己一樣懷抱內心糾葛的粉絲，這次換成自己站在引導別人的立場，站在麥克風前。

「這麼說來，她以前也有對我說過。」

說她總有一天會反過來幫助我。

說她雖然不知道能否勝任我的左右手，但至少可以當我的左眼。

果然她那藍寶石的眼眸老早就看穿了一切吧。剛好我現在左右手都空不出來啊。

「…………」

有個想法不經意閃過我的腦海。

那只是單純的一項思考實驗。沒有實體，甚至連具體的行動指標都沒有。更不是能夠把現在讓我苦惱的好幾個問題直接解決的什麼方法。

儘管如此，凡事的開頭總是起源自一點靈感。

從靈感建立假說、收集證據、補強推論以達至結論。我們每次都是這麼做的。無論從前或現在，偵探與助手總是這麼做。

『如何呢？有沒有讓各位肩上的負擔稍微減輕了一些呀？不過話說回來，像那樣把許許多多自己珍視的事物背負在身上的各位，真的都非常棒喔！——所以說……』

齋川有如花朵綻放般露出笑臉看向鏡頭，看向我們。

『我今後也會為了那樣的**你**繼續唱下去的！』

要把這句話解讀為對我個人送出的訊息，再怎麼說都是自我意識過剩吧。

「不，其實那樣就好了。」

此時此刻，齋川毫無疑問地看著我。只注視著我一個人。

光是能夠讓我產生那樣的感覺，就證明齋川唯果然在真正的意義上是個不折不扣的偶像。

「君塚！」

就在這時，這次毫無疑問是呼喚著我的聲音傳來。

從通往頂樓的門走出來的，是身穿冬季水手服的夏凪渚。

她一看見我，便上氣不接下氣地說道：

「剛才我接到從醫院打來的電話，說希耶絲塔她……！」

◆沒有委託的事件始末

後來我們搭上了來到學校接送我們的一輛黑色轎車。

駕駛車輛的是《黑衣人》，而目的地自然不用說，就是希耶絲塔的醫院了。

我坐在後座隨車搖盪了一段時間後，對同樣坐在我旁邊的夏凪說道：

「我沒想到妳竟然有來學校啊。不是自由出席嗎？」

「嗯，不過我果然還是想要多來學校一陣子。」

夏凪對於學校究竟抱著什麼樣的感情，又是因為什麼樣的經歷讓她懷抱那種想法——正因為我知道這些事，所以很能明白她這樣的心情。

「這套制服感覺也不錯嘛。」

她現在穿的是冬季款式的水手服。以黑色布料為基礎搭配藍色緞帶的設計，穿在她身上非常好看。

「你怎麼到現在才講這種話？」

「畢竟對我來說還算是很新鮮啊。」

「那是因為你以前都沒有到學校來吧？」

人生難得的校園青春劇，你都錯過了呢——夏凪講得一副裝模作樣。

「是啊，直到最後我的人生都與所謂的制服約會無緣了。」

「從你口中講出『約會』這個詞，就讓人全身雞皮疙瘩都起來啦。」

太不講理了。我露出表示不滿的眼神看向夏凪，結果……

「話說，為什麼挑在這時候講這種話題呀？」

她臉上浮現苦笑。

……真是抱歉啦。不過，正因為是這種時候啊。正因為是腦袋不禁感到混亂的這種時候，所以我只能靠閒扯淡讓心情鎮定下來。

「妳剛才說希耶絲塔的心電圖出現了不同於以往的動靜，是真的嗎？」

這就是剛才夏凪來到校舍頂樓告訴我的事情。

「嗯，是人在醫院的諾契絲打電話告訴我的。只不過詳細狀況我也還……」

難不成是寄生在心臟的《種》發芽了嗎？或者恰恰相反，是代表問題可能得以解決，讓希耶絲塔安全醒來的預兆？我們就連心電圖的變化究竟代表好的意義還是壞的意義都不知道。

……即便如此，希耶絲塔這幾個月來毫無變化的身體發生了什麼狀況是不爭的事實。凡事不可能永遠維持現狀。我忍不住望著車窗外逐漸接近醫院的景色。

「沒問題。」

夏凪忽然呢喃。

「沒問題的。」

她看著前方再次輕語。溫暖的手心疊到我右手上。

我們就這麼在車內度過抵達醫院之前，似是短暫卻也漫長的時間。

三十分鐘後，我們到達目的地。

搭乘電梯來到三樓，走向位於最深處的希耶絲塔的病房。結果諾契絲就站在病房門前。她一見到我們的身影，便默默點頭要我們進入病房。於是我和夏凪做好心理準備，打開房門。接著出現在我們眼前的景象是……

「……史蒂芬。」

手持平板電腦，身穿白衣的《發明家》站在希耶絲塔的病床邊，似乎在記錄什麼東西。我大約有四個月沒見到這個男人了。

我和夏凪互望一眼後，走向病床邊。希耶絲塔靜靜地沉睡著，看在我這種外行人眼中感覺跟平常沒有什麼特別的差異。不過夏凪立刻接著詢問「她怎麼樣了？」請教專家的診斷結果。

「沒問題。現在的她跟昨天是同樣的狀況。」

史蒂芬依舊看著手上的平板電腦如此回答。

那意思大概就是說《種》並沒有萌芽，但也沒有什麼會清醒過來的預兆。我首先鬆了一口氣，放鬆緊繃的肩膀，但感到遺憾的心情接著湧現。也就是說，希耶絲塔還要繼續沉睡下去了。

「不過，希耶絲塔的身體還是有出現過什麼徵狀沒錯吧？」

「沒錯，只有在今天上午的一段時間內，心臟出現了異於常態的動靜。這點是確定的。」

史蒂芬微微瞇起眼鏡底下的雙眼。

「但是《種》並沒有觀察到成長的跡象。既然如此，有可能是她靠自己的意思讓心臟不規律跳動的。」

「意思說希耶絲塔故意讓自己的心臟發生異狀？……為什麼？」

希耶絲塔以前確實也有做過讓自己心跳停止，偽裝成假死狀態騙過敵人的伎倆。她的心臟具備有那樣的能力沒錯，但為什麼現在要做那種事？

「去考察其中的理由，我想應該是偵探與助手的工作吧？」

……他這樣講我就無從反駁了。不過凡事都有原因才會有結果。只要去想想那個因果關係，必定能夠建立出什麼假說。

「希耶絲塔是基於什麼原因或理由，讓自己的心臟發生雜訊？」

她明明一直都沉睡著，為什麼要這麼做？

「試著暫時逆向思考看看吧。」

夏凪這時提出改變思維方式的建議。

「假如把希耶絲塔的心臟發生異狀當成原因，那麼導致的結果讓現在發生了什麼事？」

「……？就只是觀測到她的心跳出現一瞬間的變化，除此之外什麼都沒有。史蒂芬剛才不也這樣……」

我自己講著講著也感覺到有點不對勁。仔細想想，希耶絲塔的行動總是帶有什麼意圖，從來不曾做過無謂的事情。

……既然如此，如果她是基於某種明確的意思讓自己心臟出現異常，就整個大局來看所造成的結果就是——

「——史蒂芬・布魯菲爾德到這裡來了。」

我這麼一說後，夏凪大概也想到同樣的假說而靜靜點頭。

這就是以巨觀角度來思考時所看到的結果。由於希耶絲塔的心臟出現異狀，導致長期以來都沒有在這裡現身的史蒂芬也不得不前來診斷了。那就是對我們來說感覺理所當然但實則不然的變化。

「沒錯，事實上我今天的確中斷了幾項工作特地來到這裡。本來對患者的術後觀察並非我的工作，因此白日夢基於某種意圖想要把我叫過來，才讓自己的心臟發生了異狀——這樣思考絕不算是不自然的推論。」

史蒂芬對我們的假說點頭認同。

然而假如是這樣，下一個疑問又會湧上心頭。

希耶絲塔究竟為什麼想要把史蒂芬叫到這裡來？

「是為了讓我們可以見到史蒂芬。」

這次夏凪把自己的推理講出口。

「意思說希耶絲塔是為了我們？她為什麼要做那種事？」

雖然我的確一直都在尋找史蒂芬的下落沒錯。至於理由有很多，例如關於吸血鬼的事情，關於莉洛蒂德的事情，還有關於希耶絲塔本身的事情。我有一堆問題想要問這位醫生，之前也有對著熟睡中的希耶絲塔講過這些話。

但就算是這樣……不，原來如此。

「因為希耶絲塔是個會幫人實現心願的偵探呀。」

夏凪帶著微笑看向那位睡美人。

前陣子我一直都在處理魔法少女以及她敵人的問題。然而即便在那樣異於往常的日子中，偵探依舊存在於我們故事的根基。原來希耶絲塔儘管沒有意識，也照樣實現了我和夏凪的委託嗎？

「白日夢的確一直都在沉睡沒錯，但不表示她所有身體機能都停止了。」

我聽著史蒂芬如此解說。

「例如她的聽覺細胞其實並沒有睡著，依然繼續在工作。所以聽見你對她講話的聲音，而在無意識間回應了你的請求——這也是有可能的事情。」

沒想到我明明站在偵探助手的立場，自己卻也成為了委託人。

……不過話說回來——

「希耶絲塔，妳會不會有點工作過度啊？」

現在難得是妳最喜歡的午睡時間不是嗎？好歹在睡覺的時候好好休息吧？

我用指尖輕輕撥了一下希耶絲塔的瀏海。

「嗯？不過等一下喔。」

這時，我忽然想到一件事，忍不住停下動作。

「那也就是說，我在病房講過的那些話，其實全部都被希耶絲塔聽見了嗎？」

例如我自己一個人來到這裡的時候，充分確認過周圍沒有其他人之後，想說反正希耶絲塔在睡覺而講出口的那些話，其實都被她聽到了……？

我的額頭自然地滲出汗水。自己曾經偷偷對希耶絲塔吐露過的各種話語頓時在我腦中打轉，讓我忽然有種想吐的感覺。

「君塚，你該不會對希耶絲塔講過什麼愛的告白之類的吧？」

夏凪半瞇著眼睛瞪向我。

「……啥？沒有啊？完全沒那種事喔？」

我對那樣百分之百錯誤的推理搖頭否定，輕咳了十幾聲左右之後言歸正傳：

「史蒂芬，我們有些事情想問你。」

如果希耶絲塔真的是為了我和夏凪把這位醫生叫來，我們就必須達成目的才行。

「我有義務要回答嗎？」

然而史蒂芬卻當場冷漠拒絕。

「我的工作僅是救人而已。為人治療，製作拯救人的道具。我沒有那個閒工夫把時間花在除此之外的事情上。」

對了，史蒂芬就是個這樣的男人。

既然現在已經知道他的患者希耶絲塔平安無事，他就沒有必要繼續留在這裡。訴諸人情沒有意義，若沒辦法靠理論說服他，他就不會回答對他沒意義的問題。

「你總是只關心自己眼前的患者。」

夏凪站到史蒂芬面前。

「然而你拯救的人後來變成了怎樣，你創造的道具帶來了什麼結果——你不覺得關注這些事情同樣也能為技術帶來進步嗎？」

沒錯，我們這次想詢問的議題，正與史蒂芬救過的人物以及他製作出來的東西有關係。既然如此，這對他來說肯定不會是什麼沒有意義的問答才對。

「如果你希望今後透過醫療或科學技術拯救更多的人，就稍微多關心一下那個圈子的事情呀。」

夏凪絲毫沒有畏怯地如此斷言。

對於她這番話，史蒂芬轉身走向出口的同時說道：

「我還有工作。邊移動邊講吧。」

◆祕密作戰

我們再次把希耶絲塔交給諾契絲照顧後，離開了病房。

本來還以為史蒂芬是準備搭車移動到什麼地方去，但他卻帶著我和夏凪走向醫院的地下室。搭電梯來到地下一樓，再走樓梯到更深的樓層。

來到樓梯的最底部，打開一道門後，我們到達了一處宛如隧道的場所。幽暗的地下道只有等間隔設置著亮度微弱的電燈。我不經意看向腳邊，發現有一條生鏽的鐵軌。

「這裡是從前人們使用過的地下鐵路。」

史蒂芬背對著我們如此說明。

我感受著空氣中莫名的霉味並繼續走著，最後來到一處像是停靠站的地方。由於史蒂芬在這裡停下腳步，因此我和夏凪也跟著停下來。大約等了三分鐘後，伴隨隆隆的聲響，一列兩節車廂的電車來到了停靠站。我們不曉得的世界果然與日常世界是一體兩面，確實存在啊。

電車開門後，我們在史蒂芬的帶領下走進車廂。

或許該說不出所料，車上沒有其他乘客。我和夏凪並肩坐到一張長椅子上，史蒂芬則是在對面座位坐下來。接著……

「你們想問什麼？」

他在大腿上打開一臺筆記型電腦並如此詢問我們。

我和夏凪互看一眼後，我將首先發問的權利讓給了她。

「據說吸血鬼是歷代《發明家》創造出來的人工種族，這是真的嗎？」

這是一個禮拜前，我們從莉露口中聽來的情報。

「沒錯，那些人從前做過那樣的研究。維多・法蘭克斯坦的科學怪人故事被當成是一段虛構歷史傳承了下來，然而實際上那個故事內容和史實相差得並不遠。」

果然，自古以來《發明家》就在持續做著創造怪物的研究嗎？

若真如此，他們的目的究竟是什麼？求知慾或探索精神嗎？雖然大神之前說過，不能冀望對學問的追求或研究的野心絕對會有什麼理由存在就是了。

「創造吸血鬼的行為，是起源於對那些《發明家》的某項委託。」

「……委託？誰委託的？」

「當時的《聯邦政府》。」

對於我的問題，史蒂芬抬起頭如此回答。

「大約兩百年前，地球遭遇到凶惡的《世界之敵》連續來襲。如果拿最近的例子來比喻，就是跟《原初之種（席德）》同等甚至以上的敵人。」

我記得照莉露所說，《原初之種》應該是分類為等級相當高的災禍才對。若是比那更誇張的危機接連來襲，造成的威脅肯定難以想像。

「而政府高官們判斷只靠當時《調律者》的成員們無法應付那些危機，因此決定開發新的強大兵器。」

「……那就是吸血鬼的意思嗎？」

夏凪如此詢問，結果史蒂芬點點頭。

「既然這樣，為什麼如今政府卻要做出讓史卡雷特去殺害同族這種事情？」

明明兩百年前是在他們自己的判斷下創造出吸血鬼這個種族，為何事到如今《聯邦政府》又利用史卡雷特想要把吸血鬼消除掉？

然而，史蒂芬沒有回答我這個問題。

是他不知道答案嗎？還是他明明知道卻不願洩漏？沒多久後電車停下來，打開車門。史蒂芬首先下車，於是我和夏凪也跟在他後面。

接著往前走幾步就立刻看到一扇門。我們跟著打開門鎖的史蒂芬一起進入門內，馬上聞到刺激鼻子的藥品氣味。這是一間推放著各種書籍與實驗器具的房間。我和夏凪小心翼翼不去碰到那些東西，並跟著史蒂芬走進深處。

在房間深處有一張大桌子，上面放有電腦與螢幕，旁邊還有個相框。照片中是……一名小男孩？

「繼續接受下個問題。」

史蒂芬坐到桌前把那個相框蓋到桌面上，對我如此說道。

結果夏凪向我使了個眼色——意思說「這次換君塚君彥發問了」。於是我往前踏出一步，詢問史蒂芬：

「那位魔法少女究竟對我們隱瞞了什麼事情？」

據說從前是史蒂芬從莉洛蒂德身上挖掘出某種資質而遊說她加入《調律者》的。如果是幫那女孩製造武器同時也負責為她身體做保養的這個男人，應該會知道關於魔法少女的祕密才對。

「隱瞞了什麼事情——嗎？」

原本看著文件的史蒂芬一瞬間抬起頭。

「為什麼你會認為莉莉亞在隱瞞什麼事情？」

……莉莉亞？那是莉露的本名嗎？

我一直以為「莉露」是「莉洛蒂德」的暱稱，但原來莉洛蒂德這個名字是類似代號的東西啊。

「一個禮拜前，莉露突然倒下了。而且那傢伙的戰鬥風格……她對敵人未免太過缺乏恐懼感。基於這些不太對勁的部分，我猜測莉露應該隱瞞著我們什麼事情。」

當然，也有可能是她的過去或強烈的使命感導致她培養出那樣的戰鬥方式。

但就算如此，莉露的戰鬥風格看在我眼中依然太過異常了。例如一個禮拜前也是，即使面臨自己的右手即將被《暴食》咬斷的瞬間，莉露也絲毫沒有畏怯地把攻擊行動擺在優先。

「既然這樣，你其實已經找到了問題的解答。」

史蒂芬忽然講出這樣出乎我預料的一句話。

「那少女的心中天生不存在所謂恐怖的情感。」

「……那是指個性上嗎？」

「我分析認為是那樣的一種疾病。」

史蒂芬始終以科學的角度，或者說以醫學的角度說明莉露的症狀。

「真要形容的話，那是心理上的癌症。罹患這類疾病的患者通常要不是喪失感情活得像個死人，要不就是反過來誤入歧途。然而在極少數的狀況下會出現選擇第三種選項——為了自身旺盛的正義感而活的人物。而莉莉亞就是屬於這樣的例子。」

……哦哦，原來如此。莉露缺乏與敵人戰鬥時最為礙事的感情——也就是恐懼。所以史蒂芬以前才會邀請她加入《調律者》。他做為《發明家》的慧眼看出了莉露的疾病，以及活用那項特徵的方法。

「但就算再怎麼缺乏恐懼心理，正常來想還是會受傷或生病吧？」

夏凪如此插入我們的對話。

「和敵人戰鬥的時候也是，只要感到疼痛應該就無法行動才對……」

「所以我為此存在。為了讓她那樣罕見的資質能夠發揮出最大的效果。」

我頓時有種不好的預感。而我這樣的直覺一向都很準。

「莉莉亞在戰鬥的時候，總是會服用能夠遮蔽痛覺的藥物。」

從史蒂芬的口中揭露了莉洛蒂德的祕密。

「魔法少女藉由如此，可以化身為不會恐懼也不會感到疼痛的戰鬥機器。」

我當場感到不寒而慄。

莉露至今的所有發言、行動、過去與矛盾，全都匯聚到了一個點上。

靠自己親手討伐仇敵——莉洛蒂德只為了這樣一項目的，獻上了自己的人生與身體。

「當然，那個藥物的副作用也不算輕。」

史蒂芬啟動桌上的電腦並繼續說明。好幾臺螢幕上顯示出許多複雜難懂的算式與圖表。

「而且感受不到痛覺，也就代表對於自己身體內部究竟受到多少程度的損傷無法產生自覺。因此在她體內埋有能夠自動感應那些損傷的晶片，當真的進入危機狀況時會發出警訊。」

……所以一個禮拜前的那時候，才會有車子那麼快就趕到體育館來接人啊。莉露的生活隨時都面臨著自己身體會被搞壞的危險。

「莉露可不是只為了戰鬥而存在的機械。」

「是她本人如此期望的。」

史蒂芬面不改色地如此回應。

「為了實現自己的夙願而犧牲什麼代價——那樣的感情，你無法理解嗎？」

我當場講不出話來。至少我……過去曾懷抱相同心願的我，沒有資格否定這種事情。

「我們走吧，君塚。」

夏凪站到我身邊。

「我們想必還有些事情必須找她談談。」

「……嗯，說得對。」

我用力握了一下口袋裡的手機。

「看來我們講得有點過久了。」

史蒂芬這時忽然停下手邊的工作，站起身子。

我還有事情要問他。就是關於希耶絲塔的事情……關於能夠讓她清醒過來的方法，我還必須跟史蒂芬談一談。但我很快就明白了，至少現在沒有機會實現這件事。

在我們背後的房門被用力撞開。某個人物伴隨「鏘啷、鏘啷」地令人感到不安的金屬聲響入侵到房間內。

「那是、什麼呀……？」

夏凪見到那傢伙，不禁睜大眼睛。

對方臉上覆蓋著鐵面具，然後**全身上下長著漆黑的槍械**。是那傢伙穿著那種設計的鎧甲嗎？還是他真的把肉體改造成了像那樣的武器人？不管怎麼說，就在最近我也見過跟這傢伙很相似的存在。

「是貪婪的魔人。」

史蒂芬如此說出敵人的名字。

「別稱『瑪門』。據說其貪婪的性質相當凶暴。」

「……跟《暴食》同屬七大罪魔人之一啊。」

貪婪魔人依然不講話，然而全身上下的槍口都指著我們。

「不過那全身覆蓋武器的模樣，難道是模仿暴食魔人嗎？貪婪的你，究竟來這裡想奪走什麼？」

史蒂芬踏著喀喀的皮鞋聲，走到我們前面。

就在這時，房間裡響起如警笛般的聲響。

緊接著桌上的螢幕彈出一個視窗，顯示兩行英文。我在腦中將那些句子重新翻譯成日文。

『剩下的四名魔人重新認定為《世界之敵》。』

『賦予《魔法少女》莉洛蒂德擊退魔人的使命。』

我和夏凪同時抽了一口氣。

無視於我們的意圖與心願，此刻所有的齒輪開始轉動了。

「那個書架後面有一道後門。」

史蒂芬依然背對著我們，伸手指向排列在左邊的書架。

「你們從那裡一路跑到地下道，很快就能看見通往地上的梯子。」

「可是史蒂芬，你……」

「用不著擔心。還有——」

他從白衣的口袋中掏出一個東西，看也沒看地拋給我。

「等時機來到，就對莉莉亞使用這東西。」

「這是……？」

正當我詢問的瞬間，從史蒂芬的右肩膀**出現了像是金屬機械手臂的玩意**。

「這裡是我的研究室（聖殿）。誰都不許來打亂。」

見到這一幕的《貪婪》發出機械聲響似的叫聲。

我和夏凪互相點頭，把這裡交給史蒂芬應付，轉身衝向後門。就在我們準備踏出房間的時候，最後聽見史蒂芬的聲音：

「來吧，貪婪的魔人。讓我好好診斷你，究竟是被什麼樣的感情疾病侵蝕了？」

◇魔法少女的傲慢

日本的冬天沒有故鄉那麼冷。

即便如此，一月這個時期當太陽逐漸西沉，寒風還是會刺痛臉頰，也讓人想要把外套的前襟拉緊。其實只要吃下平常那個藥物，何止是疼痛，甚至連冷熱感覺都能暫時忘記。但想想之後的副作用，我實在不想積極服用它。

而且就算不依靠藥物，在日本還有很多能夠忘卻寒意的方法。在二十四小時營業的便利商店可以買到熱呼呼的關東煮和肉包子，剛剛我在路邊攤販還買了一種叫烤番薯的食物。光是將外面包著鋁箔紙的番薯剝成一半吃一口，就能讓身體從內暖到外面來。

「妳也想吃吧？」

暮色低垂的小巷中。

我對跟在後面幾步的那孩子如此搭話。

「喂，妳有在聽嗎——弗蕾亞？」

比我稍微矮一點的那女孩，面無表情地望著天空。

暗紅色的頭髮與臉頰上的雀斑都呈現從前的模樣，只是好像把露出潔白皓齒的那張笑容不知遺忘在什麼地方了。

儘管如此，藉由吸血鬼的奇蹟而復活的弗蕾亞確實就在我眼前。

「話說，妳喜歡吃什麼東西呀？」

看著手中剝成兩半的烤番薯，我自言自語似地呢喃。

我沒什麼和弗蕾亞一起去吃過飯的記憶。

我們之間絕稱不上什麼朋友關係，因此也不會在假日相約出門到哪裡去玩。這樣想想，我其實對這女孩的事情知道得並不多。

「就算跟莉露講話，果然還是很無聊嗎？」

「…………」

弗蕾亞什麼都不回答。自從史卡雷特透過某種方法讓她復活後已經過了三天，我還沒聽過她任何聲音。

然而我早就知道會這樣了。史卡雷特喚醒的《不死者》只會帶著生前最強烈的本能而復活。我很清楚眼前的弗蕾亞跟從前的她不是同一個人。但就算如此……

「……妳也……講講什麼呀。」

我忍不住對呆呆仰望天空的弗蕾亞如此抱怨。

這三天來，我一直讓她待在我獨自居住的家裡。可是她不但什麼話也不說，甚至也不吃東西，也不睡覺。她只會不時透過房間窗戶眺望外面的藍天。就算像這樣嘗試帶她出來散步，也沒有任何明顯的變化。

「妳沒有其他想做的事情嗎？」

我唯一知道弗蕾亞喜歡的東西，是日本的動畫。當中又特別喜愛稱為魔法少女作品的東西。因此我前天去買了那種作品的人物公仔，昨天也跟她一起看了DVD動畫。然而還是沒有得到什麼良好的反應。

「妳以前明明那麼喜歡不是嗎？」

我明知對話無法成立，但又自言自語起來。

「每次都跟莉露講說哪一集的哪一幕超棒什麼的，講到莉露都覺得很煩不是嗎……結果現在反而變成莉露懂得比較多，這樣怎麼行呀？」

妳已經對動畫之類的沒興趣了？什麼魔法少女都無所謂了？就算跟妳聊這些東西也很無聊嗎？——其實妳根本就沒有想要復活嗎？

「如果妳不想這樣，妳就直說呀。」

即使我詢問，也很清楚她不會回答。

明知不會有回應，我還是害怕看到弗蕾亞的臉而背對她了。

「害怕？」

我自問自答。

不可能有那種事。那種感情打從一開始就不存在我心中。

「——啊——啊。」

好像聽見了什麼聲音。

「弗蕾亞？」

我忍不住回頭。

在太陽即將沉落的小巷中，弗蕾亞站在我背後。

然後在更遠處，有個巨大的人影。

「你難道是……」

巨大人影——雖然我用這樣簡單的詞語形容，但那影子無論體格或樣貌都不是個普通的人類。身高遠超過兩公尺，頭部長有像山羊的犄角，然後多達六隻的手臂其中一隻握著巨大的長槍。

「——傲慢的魔人。」

我當初決心打倒七大罪魔人的時候，曾在找到的資料上看過。

不會錯，這傢伙就是《傲慢》。

這時我的手機忽然發出收到訊息的通知。是來自《黑衣人》的聯絡。內容是下令《魔法少女》討伐魔人。八成是《聯邦政府》高官都柏文傳來的訊息吧。

「用不著你們命令。」

我從帶來的包包中拿出慣例的那套服裝。換裝時間花不上幾秒鐘。《發明家》製作的這套服裝就像動力裝甲一樣可以在一瞬間著裝完畢。

接著我抓起魔法手杖。

我被賦予了用來打倒魔人最適切的武器。正因為是身為魔法少女的我才能夠擊敗魔人。所以現在首先要討伐眼前的敵人——不過在那之前……

「妳以前很擅長跑步對不對？快逃吧。」

弗蕾亞沒有回應我。

她始終面無表情地注視著我的臉。

「嗚！那妳至少退到後面去。」

我拿出一顆小膠囊丟進嘴裡，用臼齒咬破。

伴隨「喀哩」的聲響，熟悉的苦味在口中散開。如此一來在這場戰鬥中，我已經不會感受到任何疼痛與難受了。無敵的魔法少女就此誕生。

「你難得長了六隻手，武器卻只要一把長槍就好了？」

如果認為長槍一把就足夠，這魔人的名字的確夠資格稱作傲慢。直說了吧，這傢伙的別稱叫路西法，是最高等的惡魔之名。

「但是在這孩子眼前，我不能夠倒下。」

站在弗蕾亞前面的我，對緩緩走過來的《傲慢》舉起手杖。

「因為魔法少女是直到最後一集的片尾字幕都不能輸的呀。」

◆百鬼夜行

與史蒂芬分開並逃出地下道後，我和夏凪一如慣例搭上了《黑衣人》駕駛的車輛。

太陽已經沉落，黑色轎車在昏暗下來的大馬路上不停趕路。我們要前往的地點很明確。手中的平板電腦用一顆紅點標示著目的地。

「她就在這地方沒錯吧？」

坐在我左邊的夏凪探頭看向平板電腦的畫面。

「對，這地圖能夠靠埋在莉露體內的晶片鎖定她的現在位置。」

這是平常為了觀察莉露的健康狀況而由德拉克馬負責管理的東西。本來那位醫生基於對患者情報的保密義務，應該不可能提供這樣的資料。不過我說我有獲得她原本的主治醫生史蒂芬許可，而請德拉克馬提供給我了。

這種事如果被莉露知道肯定會火冒三丈，但畢竟聖誕節的時候她也對我幹過類似的事情。就當作是彼此彼此，請她原諒我吧。

「可是她從剛才就幾乎停留在同一個地方。而且還是在路上，也就是說……」

「八九不離十，肯定正在跟敵人交戰。」

然而令人在意的是，正如夏凪所說，莉露幾乎都沒有從那個位置移動過。她的戰鬥方式應該會更自由奔放地馳騁於戰場上才對。假如是她現在根本用不著那麼做就能壓制敵人倒還好，但萬一不是那樣的理由……而是有什麼讓她無法動身的因素，這個狀況實在無法樂觀看待。

「──嗚、喔！」

就在這時，車子忽然緊急剎車。

車身往右劇烈搖晃，讓夏凪順勢朝我的方向倒過來。我們當場抱在一起，臉頰碰上臉頰。柑橘的香味撲鼻而來。

「妳沒事吧？」

「呃、嗯，抱歉。」

她梳著頭髮從我手臂中離開。然而溫熱的觸感依然殘留在我的左臉頰，讓我認不住用指尖摸了一下。

「沒、沒有碰到對不對？碰到的只有臉頰而已吧？」

「夏凪，像這樣趁亂偷偷來，有點……」

「騙人的吧！才沒有！什麼親……我絕對沒有好嗎！」

夏凪態度明顯地跺腳抗議。

「我知道了啦，別擔心。這件事我會忘記，也不會跟別人講。」

「不、不要用那種像大人般的成熟態度應對呀……絕對不可能！要我親吻君塚什麼的，永遠都不可能發生好嗎！」

我安撫著激動得拳打腳踢的夏凪，同時重新確認周圍狀況。

為什麼車子會忽然緊急停下來？我不太相信是那個《黑衣人》駕駛失誤。於是我從車後座探頭望向前方的擋風玻璃，發現車子前方有一大票群眾。好幾十個人排成隊列，公然走在車道上。

「難不成在舉辦什麼祭典或跳盆踊嗎？」

「但現在是冬天喔？而且那氣氛看起來一點也不歡樂。」

夏凪同樣疑惑歪頭。

那麼是示威遊行嗎——雖然我這麼懷疑，但那群人誰也沒有發出聲音。

「難道說……」

我看到人群中每個人的臉，立刻想到一個可能性。

「那東西」我以前也有看過。

「是史卡雷特造出的《不死者》。」

夏凪頓時瞪大眼睛。映在她眼中的是跟我看到同樣的景象，一群缺乏生機的死者軍團。看起來莫名有種心不在焉的感覺，腳步搖搖晃晃地勉強排成隊伍往前行進。

「你看，他們是不是越來越多人呀？」

正如夏凪所說，人牆的厚度不斷增加著。

不知不覺間從幾十人變成上百人，然後成為幾百人規模的遊行隊伍。

那景象簡直有如百鬼夜行。

在月夜中，蒼白之鬼創造出來的死者軍團究竟朝著什麼地方進軍著？

「照那方向是通往國會議事堂呀。」

夏凪看著地圖軟體如此說道。

「……說是示威遊行原來也不算錯嗎？」

假若如此，死者們究竟想對社會提出什麼主張？想對國家拋出什麼議題？

吸血鬼究竟想對這個世界——

「難道說，這就是吸血鬼的叛亂？」

如果這樣，出面阻止就是《名偵探》的使命，是在這裡的夏凪的工作。我們沒辦法就這麼讓車子掉頭繞路到莉露的地方去。這是《調律者》必須絕對遵守的規則……不，對夏凪來說這無關乎什麼職位，她肯定無法放著眼前這個事態不管。

「君塚，你看！」

就在這時，行進中的群眾忽然亂了秩序。有如摩西分海般，隊伍從正中間分成了兩半。**有個影子出現在那中心**。

「夏凪，我們下車。」

打開車門走下來後，那傢伙就站在我們幾十公尺前方。

雖然從遠處看不太清楚，不過那看起來是個身穿紅色連身裙的女性。戴著一頂大大的三角帽，從帽子裡垂下來的是頭髮嗎？

「**那些蛇**是什麼呀？」

不知什麼時候掏出望遠鏡的夏凪如此呢喃。

她那搞不清楚從哪裡變出便利道具的模樣簡直就像從前某位偵探。我也跟她借來望遠鏡，觀察那名連身裙女性。

「……她是哪來的耍蛇人啊？」

我本來以為是長頭髮的東西，居然是大量的蛇。而且從那些蛇的口中滴著像是唾液的東西，冒出煙把柏油路都溶解掉了。是硫酸或什麼特殊毒液嗎？不管怎麼說，總之很糟糕的是……

「我說，她是不是朝著我們這裡走過來呀？」

「嗯，在妳眼中看起來也是那樣嗎？」

雖然還有一大段距離，然而那名連身裙女性明顯與群眾朝著反方向……也就是往我們的方向一步一步地，滴著神祕的液體逼近過來。難道她並非史卡雷特造出的《不死者》嗎？那麼其真面目究竟是——

「是嫉妒的魔人。」

答案不知從什麼地方忽然傳來。我連氣息都沒感覺到。但那傢伙就在不知不覺間站在我和夏凪之間，盯著緩緩逼近的敵人。

「大神先生！」

他把還算有點長度的頭髮梳得帥帥氣氣，身穿一套有模有樣的西裝。高䠷的背上背著一把大鐮刀。

「《嫉妒》的別稱是惡魔利維坦——掌管大海的蛇怪。」

「很感謝你幫忙解說啦……但是大神，你這段時間都跑到哪裡去了？你不是夏凪的代理助手嗎？」

「我在追查魔人的動向。不過我當然也有隨時待在《名偵探》的半徑一公里範圍內觀望狀況。」

所以我就說你是什麼跟蹤狂嗎？這個代理助手總不會還幹過偷窺之類的行徑吧？

「搞什麼？原來這裡也有個罹患嫉妒之病的人類啊。」

「你說誰是嫉妒的助手！」

這個叫大神的男人，難道患有見到我不諷刺個幾句就會難受的症候群嗎？

「好啦，讓我對那樣的偵探助手提出一項委託。君塚君彥，你現在立刻帶著《名偵探》到你們應該前往的地方去。」

話鋒一轉，大神如此表示，並看著從遠方緩緩走過來的嫉妒魔人。那態度彷彿在說：這傢伙交給我來對付。

「……我們剛剛才被一個大人救過的說。」

我不禁回想起史蒂芬。也就是獨自一人承接了對付貪婪魔人的任務，留在研究所的那位《發明家》。

「哈！」

結果大神背對著我，用鼻子笑了一聲。

「救助小孩子不就是大人應該扮演的角色嗎？」

我的肩膀忍不住抖了一下。

那恐怕是他模仿故友《執行人》所表現出的生活態度。

但對我來說，那是更古早之前——丹尼·布萊安特的生活態度。

「不，那傢伙已經不在了。」

我獨自搖搖頭。

然而在這個世界上，還有許許多多的人物繼承了那個男人的遺志——我不禁這麼想著。

「大神先生，真的交給你沒關係嗎？」

夏凪如此詢問大神，確認是否可以把嫉妒魔人交給他對付。

「沒問題，妳的使命並不是打倒魔人。所以就算離開這裡去執行妳的本分，想必也沒人會責怪吧。」

對了，《名偵探》的使命終究是防堵吸血鬼叛亂。既然如此，前往尋找這群《不死者》軍團的創造者才是正確行動。

「妳要找的對象恐怕就在前方。」

大神說著，伸手指向死者軍團。應該說他們行進方向更前方的國會議事堂。我們必須去阻止恐怕就在那裡的史卡雷特。

「可是，君塚你……」

夏凪似乎在意什麼事情而看向我。我們原本搭車要前往的目的地是莉露的地方，因為她此刻肯定也正在跟其他魔人交戰中。

「我剛確認了一下，莉露又開始移動了。」

標示莉露所在地的紅點在路上緩緩行進，大概是她已經戰勝了魔人吧。而且據說當她肉體發生損傷時會響起的警報也沒有動靜，代表莉露平安無事。

「我們走吧，夏凪。」

我對她伸出右手。

「我們兩個人一起去找史卡雷特。」

「那樣真的沒關係嗎？」

夏凪赤紅的眼眸直盯著我。

她在問我這個選擇真的沒有錯嗎？不去找莉洛蒂德真的沒關係嗎？

「沒問題，現在這是最佳的做法。」

「『現在』的意思是……你並沒有放棄她，對不對？」

我對夏凪這個問題點點頭。

確實，我的雙手已經握住希耶絲塔和夏凪兩個人的手，空不出來了。光靠我一個人的力量沒辦法幫助莉洛蒂德。但儘管如此……

「就算我雙手空不出來，夏凪的左手還空著。」

夏凪頓時睜大眼睛。

「我無論什麼時候都會幫助夏凪。所以關於莉洛蒂德的事情，我希望妳能幫助她。」

人與人的圓環想必就是這樣輪轉的。被諾契絲斥責，與夏露談話，聽過齋川的發言後，我得出了這樣的答案。

從前希耶絲塔對我伸手，後來我又握住夏凪的手一路走來，這次再換成夏凪去拯救什麼人。然後被救的人又將空著的手伸給其他人。這就是即使雙手已經抱住沉重的東西卻又不想放棄一切的唯一解決方法。

當然，夏凪已經拯救過許多的人，我也是受過她幫助的人之一。因此這或許是我的任性，是我對夏凪……對偵探的一種依賴心。但是……不，正因為如此，所以做為交換……

「我不會離開妳身邊。從今以後就算妳對我說了多麼不講理的話，我都會跟著妳。無論夏凪和什麼樣的傢伙為敵，只有我會永遠站在妳這邊。直到夏凪渚哪一天說不再需要我為止，我會永遠……」

「啊～！夠了！我知道了啦，STOP！STOP！」

夏凪用雙手封住我的嘴巴。好難受。

「會、會被聽到呀。」

她接著在我耳邊如此小聲說道。

我不自覺移動視線，發現大神正一臉無奈地看著我。

「像那種話，拜託你挑個稍微……怎麼說？比較沒問題的時候再講可以嗎？」

「沒問題的時候？」

「……就是說，我比較可以正常表現害羞啦、開心啦，之類的時候啦。」

哦哦，那真是抱歉。

「遊戲時間差不多該結束了。」

大神架起大鐮刀，瞇起銳利的眼神。

嫉妒魔人已經接近到能夠靠肉眼清楚確認的距離。

於是我和夏凪將這裡交給大神負責，坐進車子中。前往的目標是國會議事堂。

由於那群《不死者》為了避開魔人的劇毒，空出了一條整齊的直線路徑。

黑色的轎車就這麼直指吸血鬼的城堡而去。

◇那就是最後剩下的路標

「……呼、呼。」

即使不會感受到疼痛或疲勞，還是騙不過呼吸器官。

離開剛才的戰場走了一段路後，我背靠著巷子裡的牆壁坐到地上。白色氣息隨著短促的節奏不斷從口中吐出。

「弗蕾亞，妳有沒有受傷？」

稍微等呼吸平靜下來後，我如此詢問站在旁邊的少女。

她還是老樣子沒回答，不過就我觀察起來應該沒有明顯的外傷。

傲慢的魔人連弗蕾亞的一根汗毛都沒傷到，就殞落地表。

我忍不住在心中臭罵一聲活該。仗恃「路西法」這個惡魔之王的名字而輕敵的代價，就是讓我把那桀驁不馴的傲慢心給狠狠折斷了。

「妳要不要也坐下來？妳應該累了吧？」

「…………」

弗蕾亞目不轉睛地注視著我，稍微歪了一下頭。

她該不會其實聽得見我發出的聲音吧？即便沒有意識或感情，但至少可以明白我正在對她講話這件事？

……不，那是我自以為是的想法。只不過是我對於她哪怕只是一點小小的變化也想從中感受出什麼意義而已。那才真的是我的傲慢。

「對不起，我這樣擅自把妳帶回這個世界。」

到最後，我儘管知道這樣道歉也傳達不到她心中，還是忍不住講出口了。

一個禮拜前，史卡雷特問我想不想要讓妳重新活過來的時候，我不知為何一點也沒猶豫便立刻接受了他的提議。就好像君彥說他對於把名偵探救回來的事情絲毫不帶迷惘，而我也是一樣。

明明我連弗蕾亞的真心都不曉得。明明我也沒詢問過她家人的心願。但我就是沒辦法捨棄能夠再一次與弗蕾亞見到面的那份可能性。

明明我跟妳……應該甚至連朋友都不算。

「其實妳想要怎麼活下去都可以，隨妳喜歡喔。」

我自己講出口都覺得這種話很不負責，當場自我厭惡起來。

就算我說可以隨她喜歡，她又能到哪裡去？要是被我放手了，她不就……

這時，弗蕾亞忽然在抱著腿的我旁邊坐了下來。

跟我一樣抱著腿，不過依然什麼話也不說，抬頭仰望。

「妳又在看天空？」

頭頂上是一片夜空。然而跟我們以前總是抬頭仰望的景色不同。

那時候在我們頭上的，總是一整片蔚藍的天空。

我和弗蕾亞較勁的場所，一直都是那樣的景色。

但現在為何變成了這樣？為什麼我的戰場變成了……

手錶型通訊器發出收到郵件的通知。是君彥寄來的。

訊息只有短短一句話——我一定會過去。

「你明明連莉露在哪兒都不曉得吧？」

這一個禮拜來，我對他傳來的訊息都沒有回應過任何一次。可是他到現在還是這樣。

真的有夠纏人的。早知道就不亂撿什麼使魔（寵物）來養了。

「什麼嘛，你明明就沒有握住莉露的手不是嗎？」

總覺得有點累了。不是身體，不知是什麼地方。

我把額頭埋進膝蓋之間的凹陷處。

現在的我有什麼呢？

原本是拿手運動的撐竿跳已經放棄了。朋友之類的打從一開始就不存在。工作夥伴又自己親手割捨掉了。那現在的我還剩下什麼？

沙沙——什麼東西拖在地上的聲音傳來。

我抬頭一看……啊啊，對了。

我還有剩下的東西呀。

還有那傢伙，還有你，還有暴食的魔人。

「只有殺掉你這件事，是我剩下唯一的路標呀。」

在三十公尺前方，有個張開大嘴咆哮的魔人。

他身上到處長著刀刃。看來他果然重新蓄積力量復活了。

我讓弗蕾亞留在原地，高高跳到天上。

不能花太多時間。我把手杖一揮，發出水藍色的雷射光線攻擊敵人。

「……穿不破、嗎？」

即使靠雷射槍的高溫射線也無法對《暴食》那宛如鎧甲的肉體造成傷害。結果敵人接著做出反擊，拔出全身上下的刀劍朝飄浮在空中的我投擲過來。然而並沒有能夠準確擊中目標的精準度。

我飛梭在刀林劍雨中，從空中用力一蹬，衝向敵人。《暴食》拔出像是鋸子的武器，和魔法手杖短兵相接。雖然期間《暴食》身上的其他刀劍劃傷我的手腳，但現在那種事情都不重要。

「我只要殺掉你，之後的事情都無所謂了。」

因為我除此之外別無所求。

「……！」

可是《暴食》發揮出異常的臂力一推，讓魔法手杖的前端「啪」一聲折斷。我就像被撞飛似地掉落在柏油路上滾動，全身上下發出沉重的聲響。即便如此，我依然不覺得疼痛。遮蔽痛覺的藥物還持續發揮著效果。不過……

「力量還不夠。」

我把不同於平常的另一種膠囊丟進嘴裡，用臼齒咬破。

雖然史蒂芬叮嚀過我不要過度服用，但之後的事情根本無所謂。只要現在能夠獲得足以打倒這個魔人的力量就夠了。

「——■啊、■——欸■！」

我與衝到面前的《暴食》第二度短兵相接。有手感了。

不愧是速效性的特效藥。雖然腦袋變得有點恍惚，但取而代之地，我原本沒有的力氣源源湧出。這次不但沒有輸給《暴食》的臂力，甚至反而把敵人的武器折斷了。

「接下來是莉露的回合。」

我朝一瞬間被彈開的《暴食》左胸口踹出一腳，結果就連雷射槍都無法造成傷害的敵人肉體當場被踢出裂縫。不過我自己的身體也同時發出沉重聲響。

恐怕剛才這一踹讓我右腳的腳趾骨折了。但是沒關係，我不覺得痛。而且我很清楚哪根骨頭就算折斷也不會對戰鬥造成影響。我現在還能跑，還能跳。

「魔人的心臟是什麼顏色的？」

接下來只要把多虧剛才被折斷而讓前端變得銳利的手杖刺進眼前的左胸——

「……！」

然而就在這時，《暴食》尖銳的爪子貫穿我的右手腕。

「還好，沒斷。」

那就沒問題。只要這一擊能夠成功就好。我不感到恐懼。幾週前，我在《晴天娃娃》的白布上看見這傢伙的身影時，我也一點都沒有害怕。我用噴出鮮血的右手把手杖刺進《暴食》的左胸。

——好硬。看來這傢伙連身體裡面都像是鋼鐵製的。

「原來如此，你早已放棄當個人類了呀。就跟莉露一樣。」

肌纖維被破壞過度了。即使靠藥物的力量，我也無法再使出更大的力氣。於是我拔出手杖，往後方大幅跳開。

「弗蕾亞，如果妳沒辦法一個人逃跑，那至少要待在莉露後面。總之絕對不要進入那傢伙的攻擊範圍……」

我講到一半，忽然發現弗蕾亞正看著後方。從那方向的一片漆黑中爬出一個巨大的影子，軀體怎麼看都不是普通的人類。六隻手臂的外觀——剛才應該已經被我打倒的傲慢魔人出現在那裡。

「嗚！居然還活著。」

前有《暴食》，後有《傲慢》，兩面夾擊的狀況再怎麼說都太棘手了。如果只有我一個人還姑且不說，但這樣沒辦法保護弗蕾亞。要抱著她跳到天上逃走嗎？說到底，真的能逃得掉嗎？就在我面臨這項抉擇的瞬間——

傲慢魔人的脖子忽然斷了。

簡直有如被什麼看不見的鋼絲切斷般，《傲慢》的頭部掉落到柏油路上。在巷子的牆壁上面接著出現一道紅色人影。

「——加瀨風靡。」

剛才那一瞬間發生的事情，看來是《暗殺者》幹的。

「上次見面是去年的《聯邦會議》吧？」

風靡說著，同時用釣竿捲線器似的道具把應該是用來解決掉《傲慢》的鋼絲捲回去。

「我不小心出手了，但印象中《魔法少女》的工作好像是不允許別人插手對吧？」

她看著我，吊起嘴角。

原來如此，看來這是在嗆我上次會議中講過的話。

「不，或許因循守舊的規矩應該有所改變了。」

多虧有妳，得救了——我講出這樣稱不上是道謝的道謝。

「但是妳為什麼會在這裡？」

「因為我個人對於那個魔人有一點點感到在意的地方。」

風靡跳下來到路面上，看向位於我另一邊的《暴食》。意思說《暗殺者》是基於某種理由特地跑來跟《七大罪魔人》扯上關係的吧。

但不管怎麼說——

「那是莉露的獵物。」

我不給予任何對話的機會。

不等風靡回應，我就往地面用力一蹬，奔向敵人。

「■、■■咿——啊■！」

暴食魔人叫出令人不舒服的噪音，如猛獸般朝這裡衝過來。

不過要拚力氣的話我已經不會輸了。我架起魔法手杖，做好覺悟準備迎接第三次短兵相接——然而敵人卻從我身邊穿了過去。

風靡趕緊掩護弗蕾亞。

但敵人的目標卻也不是那兩人。暴食魔人一口咬住掉落在地面上的《傲慢》的頭部，就這麼啃起骨肉、吸食鮮血，叫出聲音。

「……把最高等的惡魔、吃掉了。」

這行為究竟代表什麼意義，根本用不著思考。

暴食魔人的身體表面大幅隆起，身上的利刃一把接一把剝落。那模樣簡直有如脫皮蛻變，下個瞬間**從背部長出了像是昆蟲翅膀的東西**。數量共有六枚，是他吸收了傲慢魔人的力量。

此刻，魔人逐漸重生為一隻害蟲怪物。

然而敵人霎時做出朝我們看了一眼的動作後，忽然背對我們拔腿奔出。難道他判斷自己即使靠現在的狀態也還無法贏過我們嗎？——既然如此……

「風靡，那孩子交給妳了。」

我把弗蕾亞託付給風靡，自己往前衝刺。

風靡叫出的一聲「等等！」一瞬間被拋在後頭聽不見了。

別想逃。絕對不讓他逃走。

要是今天沒殺了他，那傢伙又會長期躲起來，等蓄積更多力量再回來。不能讓他得逞。

快跑。快跑——快跑。

就這麼忘我地不斷奔跑，不知過了多少時間。

噗哧——我的腹部忽然被什麼東西刺到。

由於感覺麻痺的緣故，我一時之間還搞不清楚。既沒有痛覺也沒冷熱感，但是把視線往下移……便看到有個東西貫穿腹部。

「——啊。」

是一把長槍。鮮血滴落到柏油路上。

我感受到氣息而抬頭望向一旁的建築物，發現《暴食》在屋頂上吐出舌頭笑著。他是把脫皮剝落下來的武器投擲過來。

敵人看著我跪下後，轉身離去。

看來他沒打算吃掉我的樣子。或許在附近有比我更好的飼料吧。畢竟我的強度終究是靠科學力量造出來的東西。我身上根本沒有《暴食》所尋求的優秀基因。

「…………」

聲音已經發不出來了。不只是聲音，我眼前也陷入一片黑暗。

我明明不能輸。魔法少女明明不可以輸的。

身體倒在堅硬的柏油路上。

我忍不住伸出左手，對看不見的正義使者求救。

◆兩百年的黑盒子

我和夏凪坐車抵達國會議事堂後，兩個人走在建築物中。

走廊上只有點亮最低限度的燈光，看不到半個人影。我們一路打開門確認好幾間房間裡的狀況，最後在主議事廳發現了一名男人。

只不過這個「男人」的表現方式是否恰當還有待商榷。因為在寬廣的議事廳深處坐在一張桌子上的那傢伙其實並不是人，而是個鬼。

「好久不見了，人類——不，君塚君彥。」

或許他才應該說是真正的百鬼夜行之主吧。身為吸血鬼的史卡雷特看著我，瞇起那對金色眼睛。我和夏凪停留在議事廳入口附近，與他保持相當程度的距離互相對峙。

「那邊的女人，以前好像也見過一次面吧？」

史卡雷特看著夏凪，妖裡妖氣地吊起嘴角。

「原來如此，是代替白日夢要來當我的新娘子啊。」

「新娘子？你在講什麼？」

夏凪感到奇怪地歪了一下頭。史卡雷特以前曾把希耶絲塔說成是自己的新娘候補，但夏凪應該不曉得這件事才對。不過……

「新娘子才不是誰能代替誰的存在吧？要跟自己真正喜歡的人在一起，新娘才會是世界上最美麗的對象呀。」

夏凪搬出這樣一套理論拒絕了史卡雷特的提議。

「──哈哈！那種想法我倒是沒思考過。」

史卡雷特彷彿有點感到意外地垂下眼角。

「話說史卡雷特，你是怎麼入侵到這裡來的？」

「嗯？那還用說，我想應該就是跟你身邊那位偵探一樣吧。」

「你也是看臉就放行啊。」

換言之，他大概是利用了《調律者》的資格。正義使者被賦予的那項特權可以無條件獲准進入大部分的公家機關。

「但是也太奇怪了吧。為什麼都幹出了這種事，你的《調律者》資格還沒有遭到剝奪？」

「哈！胡說什麼？」

史卡雷特感到好笑地否定我的說法。

「你講得好像我變成了什麼《世界之敵》一樣啊。」

「那群死者軍團不就是你造出來的嗎？」

夏凪接著追問。既然現在這個事態是史卡雷特所引發，就應該有充分的理由讓他喪失身為《調律者》的資格才對。

「我只不過是讓這個世界恢復它原本應有的樣子罷了。」

然而史卡雷特搖搖頭表示否定，又「畢竟……」地繼續說道：

「那群《不死者》集團本來都是被《暴食》吃掉的被害者啊。」

他這句發言讓我和夏凪都當場抽了一口氣。

「被害者的ＤＮＡ已經在《暴食》吃下去時全部被他吸收掉了。因此我是間接利用《暴食》的血液，讓被害者們全體化為《不死者》復活過來啦。」

……所以一個禮拜前，史卡雷特才會現身在垂死的《暴食》身邊嗎？原來那並不是要救助暴食魔人，真正的目的是要從那傢伙身上製造出大量的《不死者》嗎？

「簡單來說，這是助人的行為啊。」

史卡雷特裝模作樣地張開雙臂。

「我透過吸血鬼的能力，拯救了那些不幸慘遭魔人毒手的無辜人類們。究竟有什麼理由要剝奪我身為《調律者》的資格？」

我對他這項提問無法立刻回答。

對於嘗試讓死者重新復活的事情，至少我沒有任何資格說三道四。因為我自己也曾懷抱過相同的心願。

「但假設你是發自良心讓那些人復活的，那麼現在讓他們朝著國會議事堂進軍又是為什麼？」

結果夏凪不是針對史卡雷特讓死者復活的事情，而是對他之後的行為糾彈，質問他現在操縱死者的理由。

「成為《不死者》的那些人，原本生前都是懷抱強韌的意志或心願的人類。因為《暴食》會殺害並吃掉的都是那樣的人種。」

史卡雷特恐怕是在回答夏凪的問題而如此說道。

「因此就算成為了《不死者》，本來應該也會帶著自己生前強烈的本能復活才對。然而他們現在卻遺忘了那樣的本能或心願，有如被他人改寫了自身意志般做出行動。生物的意識，生物的靈魂，到頭來究竟是什麼東西呢？」

史卡雷特只有說到這邊，接著抬頭仰望天花板。但不知道為什麼，那對金色的眼睛看起來略帶惆悵。

「你並不是在做實驗吧？」

我如此詢問他，是不是在實驗能否讓死者復活後聽從自己的命令。

然而史卡雷特依舊抬頭望著天花板沒有回答。既然如此，我繼續問道：

「你打算靠這樣發動叛亂嗎？」

他的視線又回到我身上。

「你說我要對誰發動叛亂？」

「對《聯邦政府》。」

這麼開口回答的是夏凪。

「因為他們曾經下令消滅整個吸血鬼種族。」

「你們連那種事情都知道啦？」

蒼白之鬼淡淡一笑。

看來史蒂芬對我們說過的內容果然是真的。

「是啊，或許我的確有對那群傢伙報復的動機吧。明明兩百年前是自己下令《發明家》創造出吸血鬼這種生物兵器，後來卻又判斷自己果然難以駕馭就馬上決定殲滅整個種族。」

那就是史蒂芬也沒有告訴我們的，政府決定要消滅吸血鬼再單純不過的理由。

《聯邦政府》是在害怕。對於過度強大的吸血鬼種族感到恐懼了。

「所以從兩百年前你就在政府的命令下執行著殺害同族的工作？」

「你似乎誤會了些什麼。我可是三十年前才誕生的。」

「……原來你的年齡意外地跟外表相符啊。我還以為吸血鬼是不老不死的生物。」

像史卡雷特以前就做過把自己被切斷的手臂馬上接回身體，讓細胞再生這種事。因此我才會以為他們兼具不死的性質……

「肉體的再生能力與不死性質是兩碼子事。這世界上才沒有什麼能夠超越壽命限制的生物。吸血鬼也一樣，終究只是被有限的生命翻弄的存在罷了。」

不死之王根本不存在——史卡雷特自嘲似地勾起嘴角。

「但是等等喔？既然你是三十年前才誕生，意思說《發明家》到現在依然繼續在創造吸血鬼這個種族嗎？那樣感覺跟《聯邦政府》的行動方針互相矛盾呀……」

「不，《發明家》創造吸血鬼就僅止於兩百年前。」

史卡雷特對夏凪的疑問如此回答。但如果史卡雷特並非《發明家》創造出來的存在，那麼他究竟是誕生自……？

「雖然我的確至今還有在接受《發明家》所提供的技術，但我這個身體本身並不是靠科學方式創造出來的。**難道你們以為吸血鬼不會有生殖行動嗎？**」

他冷不防地講出的這句話當場刺痛了我。我在無意識間一直以為他們吸血鬼是與人類完全迥異的種族。他現在這句話才讓我發現了自己這樣先入為主的想法。

但其實吸血鬼也一樣——史卡雷特也一樣有父母親人。

「吸血鬼的確起初是由《發明家》所製作出來的人工種族沒錯。但後來他們順從生物對於自己物種的生存本能，而自發性地反覆起繁殖行為。」

生存本能——這個詞讓過去的事情不禁閃過我腦海。

「然而《聯邦政府》對於那樣獨自開始繁衍種族的吸血鬼感到恐懼，而訂立了一點一滴慢慢消滅吸血鬼的目標。上百年來，各式各樣的《調律者》擔負過那樣的使命。然後從十幾年前開始，換成由我負責了。」

「為什麼？」

夏凪往前踏出一步，如此詢問。

「是基於什麼樣的理由，信奉什麼樣的道理，讓你決心去殺害同伴的？」

——同伴。

當夏凪說出這個詞的時候，史卡雷特的眼神好像稍微出現了變化。

「妳覺得是為什麼？」

吸血鬼又如此反問。

他睜大金色的雙眸，用那張吸血的嘴巴拋出問題：

「為何我要討好奉承政府，背叛數量稀少的同族，不惜弄髒自己這雙手一路殺害他們？名偵探，妳可答得出這道謎題？」

鬼的聲音響徹寬廣的議事廳。接著是長達幾十秒的寂靜。

然而這段空白時間正意味著我們的敗北。

偵探與助手還不知道。吸血鬼究竟真正在與誰交戰，懷抱什麼心願，為了尋求什麼目的而活。

「不用擔心，人類。」

史卡雷特忽然放鬆表情，站起身子。

「真正輪到我出場的時機恐怕已經不遠，但並非今宵。」

他說出以前似曾聽過的一句話，準備離開。

「……等等！你去停下那群《不死者》軍團。你應該可以辦得到吧？」

夏凪追在史卡雷特後面如此要求。畢竟我們原本就是為了這個目的到這裡來的，絕不能讓史卡雷特現在離開。

「所以我就說你們不用擔心。根本不需要我出手，那群傢伙已經……」

就在這時，議事廳的投影機忽然映出影像。

看起來是利用無人機空拍的影像，地點正是我和夏凪剛剛還在的那個地方。也就是說畫面上拍到那群《不死者》軍團，而且**他們正遭到攻擊**。

被什麼攻擊？

「暴食的魔人。」

夏凪顫抖的聲音如此呢喃。

然而那傢伙的外觀與一週前看到時簡直完全不同。

巨大的身體估測超過七公尺，覆蓋全身的甲殼有如盔甲。六枚巨大的翅膀颳起強風，外凸的紅色眼睛三百六十度地轉動尋找著獵物。

時而靠雙足，時而靠四腳奔馳，將《不死者》們見一個抓一個，用強韌的上下顎直接啃噬吞嚥。那怪物的模樣毫無疑問地就像是——蒼蠅王。

我一瞬間回想起從前對峙過的敵人參宿四，然而現在卻感受到與當時絕對無法比擬的恐懼。為什麼？——因為至少參宿四不會像那樣邊笑邊吃人。

「君塚，你看！」

夏凪伸手指向畫面角落。

出現在那裡的是手握大鐮刀衝向《暴食》的大神。看來他後來已經擊敗了嫉妒

的魔人，但就在這時候暴食的魔人又現身了。也就是對大神來說最重要的宿敵。

但既然如此——

「莉露肯定也會來到那裡。」

就跟大神一樣……不，甚至比大神更強烈地為了親手討伐那個仇敵。

魔法少女必定會現身在那地方。

「我們走吧，君塚。」

夏凪對我伸出右手。

她的手和聲音已經沒有在發抖。

「讓我們去迎接夥伴。」

我毫不猶豫地握住她的手。

想必就算到了百年之後，我也不會對這個選擇感到後悔吧。

◇一位魔法少女的故事

「莉露。」

誰在叫我的名字。

會用暱稱叫我的人應該很有限。究竟是誰？

「喂，我說莉露。還是要叫莉莉亞妳才肯起來？喂～」

對方甚至在搖我的身體。真是的，做什麼啦？人家難得在睡覺地說。

——在睡覺？

我什麼時候睡著的？緩緩睜開眼睛，原本漆黑的視野照入光芒。

有個人在我眼前輕輕揮手。

「妳總算醒了～真是的，太過分了吧？人家一直在跟妳講話，妳卻忽然睡著呀。」

「弗蕾亞？」

暗紅色的頭髮與臉頰的雀斑。

身穿制服的她坐在我的左邊。

「這裡是？」

身體從剛才就不停在晃動。我才想說到底是怎麼回事，原來我們正在搭巴士的樣子。我把視線往下移，發現自己身上也穿著制服。

「莉露，妳怎麼啦？」

弗蕾亞愣著臉歪頭看向我。

「……為什麼妳會在這裡？」

「什麼為什麼啦？妳睡昏頭了？」

也許吧。我揉揉自己的額頭邊，但怎麼也想不出來。
「我們遠征回來呀。妳忘了？」
聽她這麼一說，好像是這樣吧。
對了，我們今天去參加了外縣市的競賽。
「啊，對呀。莉……我得了優勝是吧。」
「今天贏的人是我！」
弗蕾亞強烈對我吐槽。是這樣嗎？
「話說回來，為什麼妳會坐在這裡？這應該是我學校的巴士吧？」
「有什麼關係？雖然說不同校，但距離又不遠。」
這種理由我不太能明白。不過弗蕾亞從以前就是這樣一個古怪的女孩。
「而且有我在身邊妳也比較開心吧？畢竟莉露妳總是一個人看起來很寂寞的樣子。」
「才不，我好歹也有可以聊天的朋友。」
「是嗎～我從來都沒看過妳跟誰在談天說笑呀。」
「……妳還是老樣子，講話都不留情。」
雖然說，我自己也是屬於有話直說的類型啦。
不過明明兩個人在這種地方如此相似，這女孩卻朋友那麼多，而我……不，沒事。我才不在意。

「然後呢？剛剛在講什麼？」

我剛才似乎是累得聊到一半睡著的樣子。結果弗蕾亞當場「妳不記得了？」地鼓起腮幫子，把拿在手上的平板電腦亮到我眼前。

「就是這個呀，這個！」

打橫的畫面上播放著日本的動畫。而且是弗蕾亞特別喜歡的魔法少女作品。

「這個第十三集呀～根本沒人會想到幕後黑手竟然是這女孩吧！不過其實在第二集的時候就已經有跡可循了呢！」

弗蕾亞興奮激動地說著，還一次又一次地倒轉重播同一個地方。

「而且她在故事前半就讓人以為已經死了，真的太驚訝啦。妳不覺得嗎？」

「不覺得。」

「為什麼啦！」

「因為這件事我已經聽妳講第七次了。」

欸，是這樣嗎？——弗蕾亞對我裝傻。

不過老實說，能有個東西讓自己如此著迷，還真有點羨慕呢。

「莉露都沒有嗎？喜歡的東西。」

弗蕾亞目不轉睛地看著我的臉。

「我喜歡的、東西？」

有什麼呢？我有那種東西嗎？自己從以前就是這種個性了。不管對什麼事情都很冷漠，容易生膩，對於大家會表現出喜怒哀樂的事物都沒有興趣。

父母親也對於那樣的我不會多加干涉，早早就讓我進入住宿學校就讀。我會開始練田徑運動也是因為那是個人比賽項目。跟周圍的人無關，只要專注於自己的事情就好。因此要說我特別喜歡田徑運動嗎？也不能這樣講。拿不拿手跟喜不喜歡是兩回事。

在田徑運動中又特別挑選撐竿跳，也單純只是因為從小沒有恐懼心的自己很適合這個項目罷了。所以要說真正喜歡的東西，我其實……

「啊啊，不過今天倒是頗愉快的。」

我不經意回想起那片早已遺忘的景色。

「一如既往。只有我和妳兩個人留到最後，交互一點一點地延伸紀錄，一點一點地接近天空。那是……只有那件事，很愉快。」

往地面用力一踏，把力氣集中到手臂與腹部，然後就輕飄飄地浮到空中。五公分，十公分，一小步一小步提升高度的過程令人興奮無比。感覺猶如逐步接近那片又高又藍的天空，教人開心。我就是喜歡跳高。

……因為什麼回應都沒有，讓我忍不住「嗯？」地看向弗蕾亞，結果她一臉驚訝地望著我。

「真沒想到莉露竟然會講這種話呢。」

「啊、不、剛才那是……」

車窗上映出我玩弄著自己頭髮的模樣。

我不得已又轉回另一邊，見到弗蕾亞笑眯眯的表情。

「我也是！我也覺得跟莉露一起跳高是最開心的事！」

我的心臟微微地用力鼓動。

這心情該怎麼說明？

一般人遇到這種時候，是用什麼話語來形容這份感情的？

字典上有記載嗎？倫理與道德的課堂上有教過嗎？現在的我不知道。雖然不知道，不過……

「話說，我有點忘了。」

我如此開口發問。平板電腦的螢幕上從剛才就一直播放著那部動畫，而我伸手指著畫面中正準備迎戰邪惡的魔法少女，詢問弗蕾亞：

「這女孩，叫什麼名字來著？」

其實我知道。我記得。
畢竟何止七次，我已經聽過幾十次了。
但因為眼前這女孩會開心。因為只要聊到這個話題，她就會無比開懷地笑出來。
「真是的，妳差不多也該記住了吧！」
不出所料，弗蕾亞立刻綻放笑臉，道出這位正義使者的名字叫——
「魔法少女莉洛蒂德！」

啊啊，對，我想起來了。
所以我——莉莉亞．林格倫下定決心。
要借用畫面中那位魔法少女的名字，成為一名正義使者。

我醒來了。
在搖晃。身體微微地搖晃著。
「……嗚……啊。」
嘴巴發不出聲音。全身使不出力氣。
腦袋昏昏沉沉的，應該是因為流血過多吧。

啊啊，對了。剛才我被那傢伙……被暴食魔人擊敗了。

可是，後來又發生了什麼事？

「……是……誰？」

我總算發出沙啞的聲音。

在搖晃。身體果然在搖晃。

然而這裡不是巴士中，是某個人正把我背在背上。

那個人背著我，一步又一步地不知往何處走去。

「……君……彥？」

應該早已分道揚鑣的搭檔之名，我卻忍不住叫了出來。

但我錯了。那男人的背應該更寬更大才對。

那麼究竟是誰？

就在這時，我模糊的視野看到某棟建築物。

啊啊，對了，原來如此。

「……走、吧……我們、一起。」

到那地方去，實現承諾。

◆傳至地獄的言靈

走出國會議事堂後，我和夏凪來到跟《暴食》作亂的現場稍有一點距離的巷子。下了《黑衣人》駕駛的車輛，眼前的慘狀頓時讓我們啞口無言。

「這是、什麼？」

柏油路上到處都是嚇人的血跡。然後……

「是莉露的衣服。」

魔法少女服裝被撕破的一部分浸在血泊中。不只是衣服破片，還有橙橘色的毛髮以及小小的人體肉片。一股嘔吐感不禁湧上喉嚨。

我們之所以首先來到這裡的理由，是因為在車上用平板電腦確認莉露的位置時紅色光點在這附近忽然消失了。這件事實與眼前的狀況合起來思考，引導出的推論是——

「等等，君塚。」

稍微在我前方的夏凪蹲到地上對我招手。

「從這裡有血滴一路延伸的痕跡。」

是移動了呀——夏凪如此分析。

她的意思是莉露還活著，只是移動到別的地方去了。

「……在發生過這種慘狀之後？而且顯示莉露位置的光點也……」

「我認為在這裡肯定發生過什麼激烈的戰鬥不會錯。不過莉露受了嚴重的傷，可能只是因為這樣讓她體內的晶片破損了。不可以輕易就推定最糟糕的狀況呀。」

她站起身子看著我的臉，接著又……

「給我振作一點，君塚。」

對依然魂不守舍的我故意用強烈的語氣如此斥責。

「要幫助莉露——這應該是我們的目的才對。但如果從一開始就把那個可能性捨棄掉，根本什麼行動都無法做了。我有說錯嗎？」

……不，沒有錯。妳講得很對。

我用力點頭肯定後，夏凪輕輕搖了一下我的身體。

「我們不能夠那麼輕易就仰賴直覺。不可以只靠最初想到的假說就做出判斷呀。」

她說著，抬頭看向上面。我們頭頂上是一片被雲層覆蓋的夜空。

「希耶絲塔呀，肯定是擁有藉由本能將自己引導至真相的才華。可是我和君塚不是那樣。像剛才史卡雷特提出的謎題，我們也沒能回答呀。」

這段話絕非自嘲。這點只要看她的側臉就可以知道。

「所以我們要按部就班，每次都乖乖思考全部的可能性吧。注意不要漏看任何選項，然後從中找出最光亮的答案。我和你，要成為那樣的偵探與助手。」

「……嗯，那樣比較像我們的作風。」

現在不是應該笑容滿面的場合，不過朝向了同一個方向的我們互相點頭。

既然如此，現在就假定莉露應該還活著，思考一下，我們要到哪裡去才能見到她？

「雖然剛剛在畫面中沒有看見，不過我認為應該有可能到《暴食》的地方去了。」

「是啊，不過假設那樣好了，我們又應該怎麼做？」

一如影像中所看到，暴食魔人變得比以前更加強大，大肆作亂。就算現在有大神勉強壓制，我和夏凪前往助陣也成為不了戰力。無謀之勇在戰場上只會成為累贅。假如莉露也在現場，肯定會說沒有我出場的份吧——不過……

「那傢伙一次都沒有拒絕過。」

莉露離開我身邊後這一個禮拜，雖然我聯絡她好幾次都沒有回應，但是我傳給她的訊息都有在軟體畫面上留下「已讀」兩字顯示被讀過。

莉露有在看訊息。恐怕心中覺得這個使魔很煩人，嘴上罵著明明那時候沒有回握人家的手之類的，但依然都有看我不斷傳給她的話語。

「走吧。」

我抬頭望向前方。期待主人或許正等待著寵物回到身邊。

我們坐車抵達了下一個現場。

假如說剛才看到的景象叫慘狀，眼前這片戰場簡直是地獄。

化為一隻巨大怪物的《暴食》，到現在還繼續為了吃掉史卡雷特製造出的《不死者》們而到處暴亂，而且讓狀況更加糟糕的是附近櫛比鱗次的辦公大廈。從窗戶可以看見裡面來不及逃走的一般人民。

即便如此，傷害依然有受到控制而沒有繼續擴大，理由是有人在阻擋《暴食》的攻擊。那就是揮舞著大鐮刀架開敵人的衝撞力道，繼承《執行人》遺志的復仇者——大神。以及……

「風靡小姐……！」

紅髮的《暗殺者》從手上那把像是捲線器的道具，連同鋼絲一起射出巨大的刺針。針頭刺到建築物上，拉直鋼索巧妙地絆倒《暴食》巨大的身軀。

正是這兩人的存在，勉強控制住了魔人的作亂。

「君塚，莉露她……」

我被夏凪提醒而環顧四周，但沒看見魔法少女的身影。

難道她沒有到這裡來嗎？還是……不好的預感又一瞬間閃過腦中，於是我趕緊甩甩頭。就算現在去思考最糟的事態，對於試圖阻止那種事情發生的我們來說也是沒有意義的假設。

「嘿，一般人民。你們何不快點去避難？」

沙沙沙！往後退下的風靡小姐轉眼間來到我們面前。

她身上的西裝已經髒得很嚴重，肌膚上還有被劃破的傷口。

「妳有什麼作戰計畫嗎？」

並非一般人民的夏凪如此詢問風靡小姐。

問她是否有什麼能夠擊倒暴食魔人的方法。

「假如能夠賞他一發大型飛彈就好了——但是就現況來看那樣做只有風險呀。」

的確。就算把軍隊拖到現場來，在一般人民尚未避難完成的狀況下也不可能執行什麼作戰計畫。

「至少如果可以把《暴食》誘導到四周無人的場所就好啦。」

就算這麼說，這附近哪來什麼剛剛好可以把那怪物關起來的場所——

「——田徑體育場。」

我不經意想起那個景色。

也就是一週前，莉露帶我去的那棟體育館。那個地方應該可以把身軀龐大的《暴食》暫時與外部隔絕、收容，而且從這裡距離也不算太遠。

「那是不錯的點子，但具體來說要怎麼做？」

……對，沒錯。接下來的問題就在於，我們要如何讓那隻怪物移動幾公里的距離，到我們希望前往的場所？就算我們提議換個地方打，這敵人也不可能會乖乖聽話。

「讓我來。」

夏凪這時站出來。

「我身上擁有比在場任何人都要強的DNA，《暴食》肯定會盯上我。」

「……對了。席德的血。」

夏凪從前曾經在《SPES》的研究設施，接受過繼承席德遺傳基因的臨床實驗。既然如此，她對《暴食》來說，或許會是個求之不得的寶貴獵物。

但就算如此，要讓夏凪去當誘餌這種事情——我正想這麼表示的時候看見她的眼神，便立刻領悟那種話是多餘的。夏凪渚燃燒般的火紅雙眼早已朝著遠處的蒼蠅之王。

「看這裡，暴食的魔人。」

震撼空氣的《言靈》從夏凪口中發出。

下一瞬間，《暴食》外凸的眼球便看向了我們。

「──■■嗚■──欸■啊──■■咿！」

蒼蠅王吐出長長的舌頭笑了。

敵人現在注意到了夏凪渚這個絕佳的獵物。

「偵探，上車！」

風靡小姐把倒在附近的一臺機車搬起來，將安全帽扔給夏凪。

戰場上的發展總是不等人。載著兩人的機車立刻開始誘導《暴食》直指體育館而去。

「君塚君彥，我們也追上去。」

結果被丟下來的我面前出現了一名救星。

跨坐在另一臺機車上的大神催促我快點坐上後座。

他的西裝破破爛爛，身上到處是傷，令人不禁覺得所謂正義英雄的背影或許就該是這個模樣。這大概就是我不足夠的地方吧──我如此想著並坐到大神後面，追逐風靡小姐的機車以及《暴食》。

「抱歉啦，連我們都來出手干預你的復仇計畫了。」

我對著大神的背影如此表示。

「無所謂。我跟魔法少女不一樣，只要最終能讓邪惡遭到毀滅就足夠了。」

看來大神所期望的終究只是讓《暴食》被擊倒這件事情本身而已。既然如此，我們之間的目標與方針就一致了。

「但是為什麼你會想要跟這件事情扯上關係？讓我問問你的理由吧。」

這次換成大神如此問我。明明打倒《暴食》並非《名偵探》的使命，為何我們還要前赴戰場？

「因為自己的夥伴剛好扯上關係嗎？」

他的口氣並非在責問，然而卻讓我忽然有種措手不及的感覺。

「拯救眼前所見的存在。最起碼在自己雙手可及的範圍之內救助人們——這種話確實動聽，但這世界上可是充滿了無止盡的邪惡。」

是啊，沒錯。無論何時，地球的另一側都在戰爭。此時此刻，也有新的犯罪或惡毒行為在傷害人。沒有人可以拯救這一切。

「《七大罪魔人》的存在本身，就是這個世界充滿邪惡的證據。我以前也說過，那是人類惡意的象徵。」

在夜風吹颳中，大神隔著肩膀對我如此闡述。

「憎怒、怨恨、詛咒，這些罪孽深重的感情之病——心中的癌。可悲的是，人類絕對無法擺脫邪惡的生性。只要人類存在，這世界的戰爭、貧困與破壞就不會結束。邪惡的連鎖永遠不會停止。」

可是卻說只拯救自己雙手可及的範圍、只幫助自己的夥伴——那是偽善。

用不著大神來說，我本來就有自覺了。

偽善更勝於不為之善——這類的強詞奪理並不能解決這些問題。至少如果想繼續站在《調律者》……繼續站在以正義使者自居的人物身邊，就不能如此天真。

「等到有一天面臨那樣的自相矛盾時，你要怎麼做？」

大神的問題非常抽象。

但我很清楚他究竟在問我什麼。

「如果是不久前，還有個能夠立刻說出答案的傢伙。」

然而那個人現在正陷入漫長的午睡中。

「儘管如此，現在的我也有能夠一起思考的夥伴。所以我今後也會跟那個人一起動腦，一起苦思，總有一天會找出答案。」

大神沉默半晌後，「這樣啊」地小聲呢喃。

「那麼我就期待有一天能夠聽到你們的答案吧。」

他彷彿在教導還是個小孩子的我，隔著肩膀對我如此表示。

機車最終抵達目的地。

然而那裡已經先有來客了。

呈現巨大橢圓形的田徑場中央，化為一隻怪物的暴食魔人正放聲吼叫。在他眼前的則是夏凪與風靡小姐。

接下來只要再撐一段時間，等待軍用直升機抵達現場轟掉那隻怪物就行了。就在我如此安心下來的瞬間，某個影子映入我的眼簾。

東側二樓的觀眾席上，有個人站在那裡。另外還有個嬌小的身影躺在那旁邊——我立刻就認出那個人物。畢竟那套服裝我已經看過好幾次，也好幾度站在那人身邊一起戰鬥過。

「——哦■——啊■■——！」

暴食魔人大吼的同時，最後一戰開始了。

我奔向戰場，衝上觀眾席。接著……

「莉洛蒂德！」

叫喚出引以為傲的主人之名。

◇誓約的片尾字幕

呼喚。有人呼喚著我。

在夢中。在漆黑的深淵底部聽見的那聲音，越來越大聲。

真奇怪。明明剛才我也被什麼人搖醒，叫喚過名字的說。這樣不就好像莉露變成了什麼萬人迷一樣嗎？

既然這樣就沒辦法了，於是沉睡中的我緩緩睜開眼睛。畢竟這想必也是身為正義使者應盡的責任嘛。

「什麼啦？從剛才就叫得那麼拚命。」

聲音發出口了，手也可以往前伸。

讓我的頭躺在大腿上的他，一臉驚訝地看向我。

「原來你那麼想念飼主（莉露）嗎？」

被我伸出的指尖觸碰到臉頰後，他……君彥鬆了一口氣似地放鬆表情。

身體好輕盈。

雖然不感到疼痛是一如往常的事，不過稍微看一下就連傷口也癒合到相當的程度了。我繼續躺著仰望上方，「你做了什麼？」地詢問君彥。

「……其實，我讓妳吃下了史蒂芬交給我的藥。他告訴我只有在遇到束手無策的緊急狀況時才能給妳吃。」

哦哦，原來是這麼回事。怪不得現在連身體內部都在發燙。當然，是在好的意義上。

我接著在君彥幫忙攙扶下緩緩坐起來，環顧周圍。

「可以用三行話告訴莉露現在的狀況嗎？」

看來這裡還是一片戰場的樣子。遠處可以看見《暴食》正大肆作亂，不過他現在的外觀變得簡直有如巨大的蒼蠅怪物。

「《暴食》吃掉一大群史卡雷特製造出來的《不死者》，結果變成了那個模樣。為了把傷害控制在最低程度，十分鐘前夏凪自願當誘餌把敵人引到了這地方。目前在等待軍用直升機抵達現場，而在那之前由大神與風靡小姐負責撐住局面。然而戰況嚴峻。」

就眼前看來，是大神負責衝鋒陷陣，然後暗殺者負責保護名偵探的同時，從後方做支援的樣子。

「謝謝說明。然後呢？那個眾所期待的軍用直升機還要多久才會來？」

「……這個嘛，不曉得為什麼，現在軍方的指揮系統似乎出現異常。」

「也就是說抵達時間未定是吧？真討厭的偶然呢。」

現在也只能這麼說了。就算這討厭的偶然是什麼人在背後搞鬼，現在也沒時間去哀嘆那種事情。我的人生對於這種程度的不巧與不幸早就習慣了。

就在我接著準備站起身子時，君彥抓住我的手臂。他究竟想對我說什麼，只要看眼神就能知道。

「你應該也很清楚才對。」

史蒂芬把藥物託付給你，然後你讓我吃下去了。於是我睜開眼睛，如今再次獲得能夠站起來的力量。既然如此，接下來我應該要做的事情都已經確定了。

「拜託，讓莉露在最後完成自己身為正義使者的責任。」

看著彷彿要吠出聲音……不對，是哭出眼淚的君彥，我輕輕一笑。

「而且呀，莉露們從一開始就已經決定好要在這裡做什麼事了。」

我說著，轉頭看向後方。

「對吧，弗蕾亞？」

她還是老樣子，面無表情地站在那裡。

由於一路背著我來到這裡的緣故，她身上的衣服都沾滿鮮血。

……雖然我也沒資格講人家就是了。兩個人看起來都好糟呢。

「妳們打算做什麼？」

我輕輕靠近注視著我們的君彥，踮起腳尖。

「耳朵借一下。」

就這樣，我告訴了他最後的作戰計畫。

「……妳真的確定要那麼做？」

君彥表現得還有點猶豫，於是我對他輕輕點了兩下頭。

「了解，我馬上回來。」

他點頭回應後，轉身背對我。但就在準備往前踏出一步時，他又忽然把身體轉回來。

接著伸出右手，輕輕放到我頭上。

「我想起來了，之前有學過對於在努力的女孩子必須這麼做。」

他說著，用不太熟悉的動作摸了摸我的頭。

「……這寵物真是沒大沒小。」

「……那可抱歉啦。」

不過我笑了，君彥也笑了。他這次是真的轉身衝下樓梯，離開了體育館。我已經多久沒有像這樣被什麼人肯定過了？

「真傻。」

君彥也是。我也是。

剛才被他摸過的頭頂熱熱的。另外還有一處，身體某個地方燃起了溫暖的火種。那想必是肉眼看不見的，我至今持續患病的心吧。

「弗蕾亞，在準備工作完成之前先等等喔。」

我一瞬間轉回頭如此表示。

從現在開始是最後一集，魔法少女最閃耀動人的時間。

我降落到戰場上，結果剛好在近處的夏凪渚做出了反應。到頭來，我也給她添了不少麻煩呢。

「不好意思囉——在很多事情上。」

「沒關係，名偵探代代都是如此。」

那可真是愛管閒事的職業呀。我們稍微對看一眼，互相輕輕一笑。這麼說來，我好像也是第一次看到這女孩的笑臉。

「那個人很快就會回到妳身邊了。」

「反正應該很快又會跑去找別的女人啦……」

她鬧彆扭的模樣莫名有點可愛。只要那張側臉存在，我想那個人在真正的意義上放掉這女孩的一天大概永遠不會到來吧。我是不是有一天也會跟誰建立起像那樣的人際關係呢？算了，這種事情等到後日談再去思考就好。

「那麼，妳退下吧。」

接下來是我——魔法少女的工作。

畢竟名偵探在今後肯定還有重大的使命等待著她。

「莉露！」

她第一次叫我的名字。

「《暴食》沒有奪走妳任何東西！沒能破壞妳任何存在！所以妳不會輸！魔法少女絕對不會輸給什麼邪惡的怪物！」

我聽著背後傳來的激情發言，邁步走向戰場。

「我會記得妳的背影！今後永遠都會！」

剛才在心中點起的小火種，現在旺盛地燃燒起來。

動畫中登場的魔法少女或許也是像這樣，靠著誰的聲援獲得力量吧？

啊～不知道為什麼，總覺得這比任何藥物都效果顯著呢。

會不會太老套了？但原諒我吧。畢竟最後一集通常都是這樣對不對？

「欸■——■嗚■啊——欸■■！」

暴食魔人肚子餓得大呼小叫著。

光是那樣咆哮造成的震動，就讓人有種全身發麻的感覺。敵人接著張大嘴巴，襲擊大神與風靡。那兩人雖然用武器擋下，卻依然各自被彈向後方。

其中一人——風靡剛好被撞飛到我的方向。然而這位紅髮的暗殺者不會狼狽地在地上翻滾。她用帥氣的姿勢讓鞋底在地面滑動，壓低身子踏穩了腳步。

「如何？妳果然還是贏不過魔法少女的敵人嗎？」

「搞什麼？還以為妳總算變乖了，又在耍嘴皮子呀。」

風靡一臉不滿地抬頭瞪我。

真沒辦法，我只好咧嘴還了她一個賊笑。

「要那樣說，妳就有勝算嗎？」

「只靠莉露一個人沒辦法。」

「哦？那是敗北宣言？」

別傻了。我只是明白了一件事。

「莉露想做的事情，光靠一個人是無法實現的。」

不過準備工作已經逐步完成。

只是我沒發現而已，但它確實存在。

打從最初就在我身邊，一直都存在的東西。

「吶，風靡，就讓莉露請教妳這位戰鬥專家，那傢伙的弱點是哪裡？」

「心臟與頭部……太勉強了。那外面包覆著就算真的用飛彈炸也不會碎的甲殼。」

不出所料。我曾一度靠嗑藥的力量硬是破壞過的地方，現在看起來經過脫皮變得更加堅固了。而且以前應該露在外面的嘴部附近似乎也被堅硬的裝甲覆蓋。

「但是就算敵人再怎麼變成一隻怪物，他依然是個生物。為了確保關節與肌肉的活動範圍，那傢伙的甲殼即便厚重也依然有些微的縫隙。例如說……」

「頸部？」

風靡點點頭。

被盔甲般的甲殼覆蓋的嘴部下方。從我的角度抬頭觀察，並沒有看到什麼縫隙。不過恐怕……

「謝謝妳，風靡。」

聽到我這麼說，大概對於我會乖乖道謝感到很意外的風靡頓時露出訝異的表情。

「明天要颳龍捲風了？」

「不，肯定是萬里無雲的大晴天。」

畢竟之前才對一個巨大的晴天娃娃祈禱過呀。

「風靡，還要拜託妳一件事。麻煩妳跟大神聯手分散敵人的視線。也注意不要讓攻擊波及到渚。」

當我這麼說的時候，暗殺者已經不見了。她早已理解自己應盡的本分，化為疾風馳騁於戰場上。

「■■■——■欸■■■呦——■■哦■呀■■■！」

魔人猶豫不決似地轉動脖子，大聲咆哮。

風靡與大神左右兵分兩路，讓《暴食》產生短暫的猶豫。

「工作太過能幹也令人傷腦筋呢。」

機會已然在眨眼之間。那短短的一瞬間便是決定勝負的關鍵。沒有時間從現在才開始悠悠哉哉思考作戰策略。眼前面臨的是事前工作必須已經全部準備完成的局面。

既然是這樣就沒問題。因為直到最後的最後，遲到的人只有我而已。

那孩子打從一開始就是抱著這樣的打算跟在我身邊。

「不過，沒問題。」

「若不介意，要記得我們曾經在這裡喔。」

霎時，一陣風吹過。穿過我身旁的一陣風。

對了，沒錯。這就是我一直想看到的景象。

我的心願才不是什麼殺死暴食魔人。

還有一項更加初始的心願。

自從兩年前的那一天，我們沒能一起站到約定的場所以來，那個願望一直存在我心中。

跑得比誰都快，跳得比誰都優美——我就是想要目睹她那背影。

「飛吧！弗蕾亞！」

五公尺長的竿子刺到地面上，讓她的身體高高地、高高地往上飛舞。

那是君彥跑到體育館外面從《黑衣人》手中接收，並幫忙轉交給弗蕾亞的長竿。

異於從前，頭頂上不是一片藍天。

然而弗蕾亞還是朝著夜空，朝著雲層消散的星空，飛舞到比誰都高的天上。

「因為那就是留在妳體內一直沒有消失的本能呀。」

漫長如永恆的空中飄浮。在場所有人的目光都被她那優美的跳躍奪去。

不只是君彥和渚而已，就連魔人也是。《暴食》彷彿對於飛越到自己龐大身軀上空的弗蕾亞感到警戒，抬起頭望向上方。讓他巨大的嘴部甲殼下方暴露出些許的縫隙。

「對不起，拖了這麼久。」

讓我們繼續兩年前的比賽吧。

有如交棒似的，長竿緩緩朝我倒下來。

於是我抓住它，稍微跑了幾步。

畢竟我沒辦法像她剛才那樣長距離助跑，所以就用魔法鞋的力量稍微偷懶一下。

嗯？妳說這樣犯規？別太計較啦，弗蕾亞。

「做為補償，讓妳看看莉露最漂亮的跳躍吧。」

當長竿與地面呈現垂直時，我的身體已經浮在空中。

應該用什麼部位使力，根本不需特別思索。

身體自然而然地旋轉，顛倒的夜空映入眼簾。

妳看，弗蕾亞。這就是莉露最後一跳的景色呢。

「真美。」

什麼嘛，原來晚上跳高也不差呀。

我最後按下心中看不見的快門，接著身體再度反轉。

夜空從視野消失，取而代之地看到暴食魔人的身影。

在那頸部可見到唯獨一處，沒有被甲殼覆蓋的縫隙。

「莉洛蒂德！」

君彥的聲音傳來。

「接住！」

他犀利地朝空中投擲過來的東西——是《發明家》透過《黑衣人》轉交的最後一把武器。我伸手抓住，架到眼前。那是一把長度超過我身高，有如長槍般的魔法杖，綻放著水藍色的光芒。接著……

「呀啊啊啊啊啊啊啊啊啊啊啊啊啊啊啊啊啊！」

伴隨吶喊，有個東西在我體內炸開。那是一直以來侵蝕著我內心的癌細胞。

然而那個病灶如今被激情的烈焰燒盡。

無論七大罪的魔人是什麼惡意的化身，都無法褻瀆這個本能。

人的心願必定能夠飛越惡意的漩渦。

「弗蕾亞啊啊啊啊啊！」

就在此刻實現了那天的約定之後，我注入全身力氣把魔法杖前端刺進《暴食》粗壯的頸部。溢出的水藍色光芒瞬間包覆整片競技場。

緊接著聽見魔人的臨終叫喊，是哀嘆自己終結的喪鐘，抑或我再也沒機會聽到的起跑鳴槍？

這就是魔法少女莉洛蒂德最後一集的故事內容了。

【終章】

後來過了十天。

也許該說一如往常地，我從早上就來到了希耶絲塔沉睡的醫院。她的身體狀況與心臟都沒有什麼變化。縱使我不曉得對於這點應該要感到安心，還是感嘆現況的停滯，不過只要看到她今天也睡得如此舒服的表情，我每次總會忍不住露出笑容……雖然說，諾契絲見到我這模樣好像覺得有點噁心就是了。而且對我態度嚴厲的人還不只是諾契絲而已。

「我說君塚，你這裡全部都錯了喔。」

手持紅筆的夏凪帶著絕望的表情看看題庫本又看看我。

「小說的文意單選題竟然全滅……呃，君塚果然缺乏人心嗎……？」

「我又不是超能力者，怎麼可能知道素昧平生的登場人物心裡在想什麼啦？」

在醫院裡一間小小的休息室中，我忍不住丟出手中的自動鉛筆。

「唉，這下看來還需要再磨合訓練呢。」

夏凪一臉無奈地轉著筆。所謂的磨合訓練大概是指去年聖誕節做過的那個吧。她的意思像在說拙於觀察別人感情的我，還需要在交流互動上多加練習的模樣。

「不過現在妳的心情我就能知道囉。」

「哦？那你說說看。」

「妳希望我稱讚妳的指甲油。」

夏凪霎時停下正在轉動的筆，緩緩把手縮回去。

「……為什麼只有沒有出題的問題可以答對啦？」

畢竟今天首次讀的小說裡的登場人物跟夏凪相比，相處過的時長完全不同啊。

「話說，為什麼到了醫院還要念書才行啦？」

「別講得好像事不關己的……距離考試已經沒剩幾天囉？」

你究竟明不明白呀？——夏凪說著，半瞇起眼睛瞪向我。

距離大學的入學考試剩下兩個禮拜左右。但最近由於被捲入接踵而來的《世界危機》，害我沒辦法專心準備考試……不過總算在十天前，包含《暴食》在內的四名魔人被消滅，暫且讓危機消散了。

「不過還真沒想到，君塚竟然報考跟我同一間大學呢。」夏凪輕輕微笑。

雖然我報考了好幾個學院，不過當中也包含了跟夏凪一樣的文學院。

「妳不想跟我在一起？」

「……拜託你讀一下字裡行間呀。」

我其實也有點明知故問啦。

「萬一到時候沒考上，再拜託妳靠《調律者》的資格拯救我一下吧。」

「嗚哇，居然光明正大地講這種作弊宣言……」

「開玩笑啦，開玩笑。」

其實只要有那個意思，夏凪應該也能辦到這種事，但她不可能真的去做那麼狡猾的行為。上一代名偵探也是如此。希耶絲塔從來沒有把《調律者》的資格利用在例如輕鬆賺錢之類的行徑上。無論吃飯錢或住宿費，當時的我們全都是靠自己去掙來的。搞不好對於希耶絲塔來說，那段生活很有趣吧。

「時間應該差不多了吧？」

夏凪不經意看了一下手錶。我今天到這裡來除了探望希耶絲塔之外，其實還預定跟另一個人物見面。夏凪接著開始收拾起課本講義。

「妳不跟我一起見面嗎？」

「我不要在場應該比較好吧？」

我是不覺得有問題啦。然而關於這種微妙的心情問題上，還是夏凪壓倒性地值得信賴，因此我決定聽從她的判斷。

「那麼，等一下再見囉。」她說著，揮揮手離開。

沒多久後，等待的人物來了。

「啊，你在這。」

用簡短一句話讓我回頭的同時，那女孩朝這裡接近過來。

「嗯，這東西還頗有難度的呢。」

然而在途中，她遇上小階差而費了一點功夫。

「醫院的地板竟然不平，太奇怪了吧？等會去跟史蒂芬抗議一下。」

「嗆人的個性還是沒變啊，讓人安心多了。」

聽到我這麼說，坐在輪椅上的莉洛蒂德露出微笑。

「好久不見呢。」

「是啊，十天沒見了。」

總覺得好像有種更久沒見到面的感覺。我們接著彼此互望，但最後一句話也講不出口就各自把視線別開。

「……呃～口好像有點渴呢。不過日本真方便，到處都可以找到自動販賣機。」

莉露轉動輪椅，到一旁的自動販賣機買飲料。

「你要不要也喝點什麼？牛奶嗎？」

「我很高興妳願意請客啦，但別把我當小狗（寵物）啊。」

拜託妳買可樂吧——我這麼說後，莉露便回應一聲「了解」。可是過了一段時間都等不到她回來，於是我轉頭過去。

結果發現坐在輪椅上的她僵在自動販賣機前面動也不動。

「我看我也幫忙去跟史蒂芬投訴一下好了。」

我按下自動販賣機最上面一排的按鈕，把掉出來的可樂遞給莉露。

「……莉露不會喝碳酸飲料。」

「……那喝牛奶行吧？」

後來我們小口小口地啜飲著飲料，聊起十天前的事情。

那天晚上當我抵達體育館的時候，莉露似乎已經受到致命傷。假如是普通人受到那種傷害應該就活不下去了，不過我給她服下史蒂芬給的藥，據說讓她受傷的器官暫時獲得了修復。

「所以莉露最後才能跳的——跟弗蕾亞一起。」

「嗯，那好像也是那女孩的本能。」

「……是呀，畢竟那就是莉露跟她的約定。」

然而在約定實現之後，身為《不死者》的弗蕾亞就像耗盡生命般進入了真正的長眠。莉露也在戰鬥結束後藥效馬上結束而變得無法動彈。後來搬送到醫院接受主治醫生史蒂芬的手術治療，然後就到了今天。

「所以，必須要感謝很多事情才行呢。」

莉露彷彿在告訴自己似地如此呢喃。

確實，她已經恢復到能夠像這樣講話了，然而實現心願的代價還是很大。

「聽說以後無法再走路了。」

莉露笑著……不，努力擠出笑容如此說道。

「就連莉露也覺得自己怎麼會講出這麼笨的話，不過在聽到這項診斷結果的時候，莉露問了史蒂芬：那意思是說也不能撐竿跳了嗎？」

很好笑對不對？——她如此自嘲。

「既然不能走路了，怎麼可能跑跳嘛。」

我回想起十天前看過她的那一跳。那段飛舞在夜空中的美麗跳躍，我再也無法欣賞到第二次了。

「但老實說，莉露覺得自己其實很幸運。畢竟莉露本來以為自己應該死了才對，也早就做好那樣的覺悟。現在雖然變得不能再走路，但光是能撿回一命就算很幸運了吧？」

莉露稍微笑了一下，但看見我的臉又忽然把視線別開。究竟我臉上現在露出了多難看的表情啊？

「難道都沒有辦法了嗎？」我努力擠出聲音。

「史蒂芬・布魯菲爾德一直都是個顛覆常識的醫生、發明家。他曾經好幾次把我重要的搭檔從死地拯救回來。有時甚至還能造出仿生機器人。」

對，所以世界上才沒有他無法治療的……

「他有向莉露提議過一個替代方案。他說他能夠造出跟真的腳看不出任何差異，功能上也完全一樣的義肢。」

「……義肢，那意思是……」

要把莉露現在的腳截斷替換嗎？那種事情……

「但那樣終究只是跟真的腳難以區別而已，並不是真的腳。」

那樣不是莉露的腳——她如此斷言。

「莉露全部都記得。用這雙腳跑過、跳過、跟弗蕾亞競爭過的一切。那是莉露的驕傲，是比生命更貴重的東西。對莉露來說，失去這雙腳的選項是不存在的。」

……啊啊，原來如此。就算靠義肢變得能夠走動，那也已經不是莉洛蒂德自身了。這就是她的想法。

即便諾契絲的外觀跟希耶絲塔再怎麼相像，就算甚至把所有記憶與人格都移植過去，諾契絲也不會變成希耶絲塔。諾契絲是諾契絲，希耶絲塔是希耶絲塔。誰也無法替代誰。

「所以這樣就好。保持這樣才好。」莉露輕輕撫摸自己的雙腳。「我要用這雙腳活下去。」

對於她的決斷，我什麼話也說不出來。不，我根本沒有再多說什麼的必要。

「對了，還有一件事情要跟你講清楚。」

莉露接著抬頭看向站在她面前的我。

「莉露還是決定開除你了。」

如同最初見面時一樣，露出不信賴任何人似的眼神。

她的表情彷彿回到從前跟誰都要吵架的那段時期，對我如此表示。

「雖然從去年底開始成為搭檔過了一段時間，但你好幾次反抗莉露，好幾次不聽莉露的話，讓莉露生氣了好幾次。」

所以你違反契約，開除——莉露一副氣嘟嘟地把臉別開。

「不會乖乖聽從主人命令的使魔（寵物）根本沒用。像這樣跟你講話也是……嗯，就到今天為止。這次莉露會來跟你見面，也只是為了告知你這件事而已。」

她不等我回應，把自己決定要講的話一句接一句講完後，不知不覺間變得連視線都不願和我對上了。

從頭到尾一直吐露對我的不滿，一而再、再而三地強調今後應該不會再見到面。而我則是不斷地等，不斷地等，等她把話講完。最後，莉露對我說道：

「你有什麼要反駁的嗎？」

她小聲如此詢問我時究竟抱著什麼心情，我不太能明白。畢竟我們從好好認識相處到現在只過了一個月再多一點，時間實在不夠讓我完全理解她的真心話。但又不能像小說的文意單選那樣隨便亂猜答案——因此……

「咦？」在感到困惑的莉露面前，我跪了下來。「我沒有要反駁。只不過……」

對於不理解她真意的我來說唯一能做的事情，就是最起碼把自己的心情老實傳達出來。

「魔法少女的背影是很偉大的。妳跳躍的模樣是全世界最美的。有幸能夠與那樣的莉洛蒂德一同工作過，我感到自豪。」

我牽起她的手，雖然沒有到親吻手背那麼誇張的程度，不過還是道出了自己的真心。

「你在講什麼嘛。」

莉露笑了。然而那張笑臉沒有花上太多時間便接著轉為哭泣。

「……一切、全部都、結束了。」

從宛如寶石的眼眸一滴接一滴地溢出斗大的淚珠。

「……已經、不能跑了，不能、跳了……！弗蕾亞也不在了……敵人也、不見了。什麼都、沒有留下……全部、都、不見了……！」

一度潰堤後，她的淚水便停不下來。

本來那樣堅強的莉洛蒂德，此刻放縱自己的感情哭泣著。但那是很自然的事情。當一切的戰鬥都結束後，魔法少女也只是一名普通的女孩子。

對於現在那樣的她，我能夠說什麼？真的有什麼可以對她說的話語嗎？猶豫思索了片刻後，我依然決定伸手擦掉莉露的眼淚。

「莉露，既然妳說今後自己沒事可做了，能不能來幫幫我的忙？」

哽咽聲停止了短短一瞬間。

「其實我剩下的課題還堆積如山啊。世界上還有敵人要對付，我跟夏凪接下來還得與吸血鬼和怪盜交戰……另外還有必須實現的願望。」

但是我的雙手已經空不出來，夏凪的手也已經滿了。不過現在，完成了一項使命的莉露還有一隻手空著。所以……

「我還不會叫妳莉莉亞，今後還是會繼續叫妳莉洛蒂德。所以說，妳願意跟我們一起工作嗎？——做為一名正義使者。」

莉露用力睜大眼睛，緊接著咬住嘴脣，把頭低下去。

我等待莉露回應，等待她把頭抬起來。不去計數過了幾秒鐘、幾分鐘，只是默默等待她做出決斷。最後——

「真拿你沒辦法呢。」

莉露打破沉默，擦掉淚水。

「莉露就好心繼續當你的搭檔一段時間吧。」

「……嗯，謝謝妳。」

那時候我沒能握住莉洛蒂德的手，不過現在最起碼緊握住了。

兩人之間再度陷入沉默。不過這次的寂靜莫名讓人感到舒服。

「雖然說，這樣對你的前女友有點抱歉啦。」

重新露出笑臉的莉露詼諧地如此表示。

「又在講那種萬一被聽到會很麻煩的話。」

就在我苦笑回應的時候，傳來什麼人啪躂啪躂的腳步聲接近。

「你、你們在講什麼~~？」

唉，我不小心立起旗標了。似乎清楚聽見我們剛才那段對話的夏凪跑進休息室來。

「唉呦~居然偷聽人家講話，真沒禮貌呢。」

「嗚！我只是想說我差不多也可以進來了而已呀！」

夏凪遭到莉露譴責，頓時尷尬地把視線別開。

「話說我們根本沒分手好嗎！」

「我們也沒有在交往吧？」

「我、我知道啦！」

莉露看著這樣對話的我和夏凪，「你們果然傻得要命呢。」地笑了出來。

不過那張笑臉肯定不是只來自現在這個瞬間。是包含了她過去的體驗，至今見過的景色，全部總括起來讓她笑了。

當然，那想必並不表示她完全接受了從前的一切，也不表示她決定了今後的所有。即便如此，她此刻依然笑著，帶著自豪活下去。

這就是她的故事。

是今後還會延續下去的，魔法少女漫長的故事。

【來自未來的終章】

「以上就是距今兩年前，我在當莉洛蒂德的搭檔時發生過的事情。」

在白銀偵探事務所，對渚、希耶絲塔以及諾艾爾描述完往事後，我喝了一口茶歇息。其實途中也一邊講一邊休息，現在泡的已經是第三杯茶了。

每當回想起當時的事情，我的胸口就會隱隱作痛，卻又感到懷念。和莉露相處的那一個月左右，至今依然是我珍貴的回憶。

「君彥每次提到那段往事的時候，都會露出這種表情呢。」

渚露出有點傷腦筋的笑臉看著我。雖然自己無法知道，不過我現在究竟是什麼樣的表情？

「話說，希耶絲塔，抱歉啦。」

聽到我稍微道歉，希耶絲塔就像不明所以地歪了一下頭。

「就是那個啊，以前和妳一起出席《聯邦會議》時，莉露邀請我去當她的搭檔，結果妳不是生氣了嗎？」

印象中，她那時候好像說什麼跟我締結了終身僱用契約，所以我不能去當別人的搭檔之類的。然而最終我違反了那項契約就是了。

「我是沒在生氣啦。話說你那種講法聽起來不就好像我以前對你很執著的樣子？」

「哦哦，抱歉。我講錯了。不只是以前，現在也一樣啊。」

「沒錯沒錯，我到現在依然對你……喂，你是笨蛋嗎？別讓我跟著你搞笑呀。」

居然害我做這種不符合自己角色形象的事情──希耶絲塔說著，大表不滿。

「我覺得呀，希耶絲塔其實當個被整角色也意外地很有潛力喔。」

「不錯欸，那樣感覺也頗新鮮的。希耶絲塔，我也會為妳加油，所以妳在這方面也請繼續保持吧。」

「這裡明明是我的偵探事務所呀……」

看著希耶絲塔被自己的員工們捉弄的模樣，諾艾爾感到有趣地輕輕露出微笑並且為大家端出茶點，讓現場呈現出某種奇妙的構圖。

「……然後呢？助手當時去當魔法少女的搭檔，感覺如何？」

希耶絲塔為了切換現場的氣氛，對我如此詢問。

「哦哦，老實說，我當時能給予莉露的東西並不多，相對地也沒有從莉露身上特別學習到什麼。對於她的做事方法，我終究有很多難以接受的部分。」

我和莉露對於解決問題的方針直到最後都沒有一致，也沒有尋找出一個妥協點彼此理解過。雖然有一度嘗試互相磨合，到最後也沒有成功。因此在真正的意義上，或許我根本就沒有成為她的搭檔吧……不過——

「儘管如此，魔法少女為了實現心願而持續戰鬥的背影，還是讓我深深難忘。」

唯有這點不會錯。

肯定也跟著我一起看過莉露那個背影的渚，回憶當時似地點點頭。

「莉洛蒂德大人在《聖還之儀》中也有出席呢。」

諾艾爾想起一個月前的事情，如此表示。

「是啊，在這次描述的事件結束後，她依然身為一名《調律者》與世界繼續扯上關係，也幫助過我們。」

正因為如此，我到最後都沒有叫過她一聲莉莉亞。其實在一個月前的那場典禮上，她本來應該可以從「莉洛蒂德」這個代號畢業才對……但意外地由於布魯諾的謀反行動，讓這件事也往後延期了。

「……對我來說，這段事情聽起來不但新鮮，更是讓我有切身的感受。《聯邦政府》的人包含我在內，對於現場的狀況都太過無知了。」

諾艾爾霎時一臉懊悔地低下頭，但很快又把頭抬起來。

「我也要成為一名證人。證明莉洛蒂德大人做為魔法少女那段活生生的故事。」

嗯，我也期望有更多的人願意記得莉洛蒂德的那段人生。

「不過我想，那應該同時也是君彥的故事呢。」

坐在旁邊的渚瞄了一下我的臉，如此表示。

「之前《聖還之儀》的事件也是一樣。君彥總是走在自己做出選擇的路上。」

由於渚如此幫我轉換為話語，讓我不經意思考。現在回想起來，對我而言在真正的意義上開始面對接連的選擇，或許就是起始於兩年前的那個時候。

「──好啦。那麼讓我們差不多進入正題吧。」

氣氛頓時稍微改變。希耶絲塔將雙手的指尖貼在一起，開口說道：

「這次請助手敘述這段往事的理由只有一個，那就是為了驗證我們的記憶以及世界的紀錄中存在的差錯。」

沒錯，關於莉洛蒂德的這段往事中其實存在著另一個巨大的時間軸。我自己在講述的時候也有注意到這點，而希耶絲塔她們也不可能會漏聽才對。

「在助手描述的故事中，出現了好幾個令人在意的詞語和發言。」

希耶絲塔說著，將一張紙遞到我們面前。那是她剛剛在聽我講述的同時用鋼筆寫下的筆記。紙上用條列式記載著三個人物的發言。

『政府目前也還沒有要把《怪盜》認定為《世界之敵》的跡象。』

『這同時也是身為《特異點》的你應該負責的使命呀。』

『我想你也不希望自己被捲入什麼《虛空曆錄（Akashic records）》的爭奪戰之中吧？』

這些分別是米亞、莉露以及艾絲朵爾講過的話。是我剛才講述的那段故事中實際有出現過的發言。

——可是……

「不只《虛空曆錄》。似乎曾經是調律者之一的《怪盜》，以及你的體質《特異點》，這些詞我都完全沒有聽過。」

希耶絲塔露出陷入深思的表情，諾艾爾也表示同意地點點頭。另外……

「我也是一樣。可是在君塚描述中的那個我，好像理所當然地知道那些東西的樣子。」

渚也對自己本身的認知差異感到不解地歪頭。

「但是很奇怪。聽完君彥剛才那些話，我到現在也一點都沒有感受到什麼巨大的矛盾。這麼說來自己以前好像知道什麼《虛空曆錄》啦、《特異點》啦，這些詞語或概念，可是又想不起這些話語的意義，現在也沒辦法詳細說明出來。」

「我也跟渚一樣。《虛空曆錄》、《特異點》、《怪盜》……現在感覺這些都是很陌生的詞語，然而我又不覺得助手講的那些話是荒誕無稽的。矛盾明明存在卻又感覺講得通，**簡直就像什麼人硬是讓我們如此接受了一樣。**」

希耶絲塔抬頭盯著天花板的一個點。

彷彿在尋找看不見的敵人，探究到底是誰讓自己變成了這樣。

「請問君彥大人記得這一切嗎？」

諾艾爾如此詢問剛才負責講述事件始末的我。會有這樣的疑問也是理所當然的。

——可是……

「不，我想我應該也一直都遺忘著。只是當我摸到這東西的時候，回想起來了。」

見到我伸手所指的東西，其他三人都瞪大眼睛。就是諾艾爾說布魯諾遺留下來的那個像祭祀道具的物體。

「**當我摸到那東西的時候，我看見了過去。**」

這種事情無法用理論說明。

舉例來講就像大約一個月前，我觸碰到《原典》而看見了未來的可能性一樣。

眼前這個呈現青銅色的三角形物體讓我找回了自己欠缺的記憶與紀錄。

「那麼君彥已經知道 Akashic records 的真相了？」

「不，關於這點我還不知道。我回想起來的終究只有剛才講述過的部分而已。」

換言之，諸如《特異點》這項體質的本質，被稱為《怪盜》的敵人真面目，《虛空曆錄》（Akashic records）這個世界的祕密——我並沒有回想起這一切。

「我也依然遺忘著很多事情。」

不，講得再正確一點，我覺得這跟「遺忘」好像有點不一樣。這在感覺上跟以前我遺忘了希耶絲塔之死的真相有點不同。《特異點》、《怪盜》以及《虛空曆錄》，我明明無法順利回想起與這些詞語相關的事情，記憶卻不知為何能夠正常地運作——**很自然地認為自己記憶很正常**。

就像希耶絲塔剛剛也說過，彷彿是這些矛盾……這些扭曲被人硬是調整過來的感覺。

「不過話說回來，為什麼只有君彥碰到這東西會回想起來呢？果然要歸功於那個所謂《特異點》的體質嗎？」

「雖然也能說是『被體質所害』就是了啦。」

我對渚提出的假說聳聳肩膀。過去的我似乎也沒有完全理解這個叫《特異點》的體質。而兩年後的現在，看來我又要被這個設定耍得團團轉了。

「但既然助手觸碰到這個神祕物體後能夠回想起特定期間的記憶，代表世界上或許還存在有類似的東西。」

「啊，對喔。《白天狗》好像也講過呢。」

希耶絲塔和渚接連發現線索。

在我講過的那段往事中，百鬼夜行之主的《白天狗》有講過這樣一段話——這世界上有幾種用來記錄過去或未來的裝置。

我們遺忘的記憶，或者世界喪失的紀錄，搞不好就像布魯諾遺留下來的這個物體一樣，其實被保管在世界上的什麼地方。

「你們看這個。」

希耶絲塔這時把呈現三角錐形狀的那物體舉到高處。

「這個底面有四角形的凹陷處，你們不覺得就像什麼立體拼圖嗎？」

「……哦哦，也就是說還有其他跟這個一樣的零件被藏在什麼地方是吧？」

希耶絲塔點點頭。

只要將那欠缺的零件收集並組裝起來，這個世界喪失的紀錄或許就能復原。而布魯諾將最初的第一步當成自己的遺產留給我們了。

「爺爺大人……」

諾艾爾從希耶絲塔手中接下那個物體，抱到胸口。

「從現況來看，我們的記憶並不可靠。腦袋與經驗，這些我們至今使用的武器肯定也派不上用場。而且就連面對的敵人是誰都搞不清楚。」

渚如此整理我們目前遭遇的狀況。

既然如此，我們——偵探與助手究竟該怎麼做？

「那麼我們的行動方針就決定下來囉。」

白銀偵探事務所的所長——希耶絲塔站起身子。

接著走向窗邊，再轉身回來面對我們。

「讓我們踏上解開世界祕密的旅程吧。」

她的表情帶著微笑。我們總是在她伸手引導下往前邁進。

「嗯，剛好我也開始覺得日常生活有點無趣了。」

聽到我這麼說，夏凪渚也表現得一副很無奈卻又莫名感到愉快似地站起來。

「真沒轍！畢竟這也是偵探的工作對吧？」

在最後等待著我們的，是人造人、外星人、吸血鬼還是從未見過的敵人？

事件不分種類。

偵探一直以來都是這樣，挑戰著有如暗黑鍋般**混雜攪和**的謎團。

不過——畢竟所謂終極的懸疑推理故事，就是要去解開這個世界本身所隱藏的謎題啊。

後記

寫這篇後記時，季節正好與劇中是差不多的時期。天氣真冷呢，敝人二語十。由於平常都不跟人見面，快忘記要怎麼打招呼了。

首先非常感謝您閱讀本作品第八集。然後讀過內容就應該能知道，這集是所謂的莉洛蒂德回。其實在作品初期階段就已經有決定眾多《調律者》的職位之中會有一名《魔法少女》的角色登場，然而在作品中究竟能夠把她的故事描述到多詳細，也一直是個未知的領域。

只不過在原作第五集為了安排讓她初次登場時，我們委託了うみぼうず老師為莉洛蒂德做人物設計……結果當筆者拜見到那實在過於完美的人物外觀，便覺得無論如何都一定要好好描寫這個人物才行，於是在這次的第八集終於寫到了關於她的故事。所謂的輕小說，果然是一種很不奇妙的媒體。雖說是小說，但光靠文章終究無法成立，因此打死也不能說這是自己一個人創造出來的作品。插畫家、設計師以及其他許多夥伴們的技術與意圖加入其中，才總算能夠讓一本書成形……筆者認為這是非常有趣的一件事。

然後說到一部作品經由多位創作者之手塑造成型，就不得不提媒體展開。非常幸運地，《偵探已經，死了。》一作存在有幾部改編漫畫系列，也拍成了電視動畫順利上映。動畫第二季也已經拍板決定製作，真的能夠感受到這部作品在許多人的盡心盡力下擴大著版圖。筆者本身也有如逆向輸入般受到漫畫與動畫的影響，誕生出許多能夠活用到原作系列的設定或演出手法。

在這層意義上，這部作品真的有種藉助於許多貴人鼎力相助下成長茁壯的感覺。而作品之所以能夠連載到今天，更要感謝的是各位讀者的支持，別無其他……真是依賴大家的協助呢，不好意思。站在接受幫助的立場上，筆者希望今後自己最起碼要努力寫出更加有趣的故事出來。

現下世間局勢黯淡。無論國內也好，放眼世界也好，到處都充斥著令人悲傷的事情或負面的新聞消息，有時候甚至覺得光要呼吸都是很辛苦的一件事。在這樣的大環境中，娛樂作品究竟應該好好扮演什麼樣的角色——筆者在執筆輕小說的同時也天天思考著這樣的問題。

雖然「娛樂」不同於「食衣住行」，並非絕對需要的東西。但既然人們時至今日依然繼續尋求著娛樂的存在，我想其中必定有什麼娛樂不會消失的理由。不好意思，盡講了一堆嚴肅的話題。在 Twitter 上就讓我們繼續閒聊開心的事情吧！

在最後：下一集，終於要輪到那個男人的故事囉。

國家圖書館出版品預行編目資料

偵探已經，死了。/ 二語十作；陳梵帆譯. -- 1 版. -- 臺北市：城邦文化事業股份有限公司尖端出版：英屬蓋曼群島商家庭傳媒股份有限公司城邦分公司發行，2023.07-
冊；　公分
譯自：探偵はもう、死んでいる。
ISBN 978-626-356-775-7（第 8 冊：平裝）

861.57　　112006203

浮文字
偵探已經，死了。8
（原名：探偵はもう、死んでいる。8）

著　　者／二語十　　繪　　者／うみぼうず　　譯　　者／陳梵帆
執 行 長／陳君平　　美術總監／沙雲佩　　國際版權／黃令歡、梁名儀
榮譽發行人／黃鎮隆　　美術編輯／陳聖義　　企劃宣傳／陳品萱
協　　理／洪琇菁　　執行編輯／丁玉霈　　內文排版／謝青秀
總 編 輯／呂尚燁　　文字校對／施亞蒨

出　　版／城邦文化事業股份有限公司 尖端出版
台北市中山區民生東路二段一四一號十樓
電話：（〇二）二五〇〇—七六〇〇
傳真：（〇二）二五〇〇—二六八三
E-mail: 7novels@mail2.spp.com.tw
發　　行／英屬蓋曼群島商家庭傳媒股份有限公司城邦分公司　尖端出版
台北市中山區民生東路二段一四一號十樓
電話：（〇二）二五〇〇—七六〇〇（代表號）
傳真：（〇二）二五〇〇—一九七九
中彰投以北經銷／楨彥有限公司（含宜花東）
電話：（〇二）八九一九—三三六九
傳真：（〇二）八九一四—五五二四
雲嘉經銷／智豐圖書有限公司　嘉義公司
電話：（〇五）二三三—三八五二
傳真：（〇五）二三三—三八六三
南部經銷／智豐圖書有限公司　高雄公司
電話：（〇七）三七三—〇〇七九
傳真：（〇七）三七三—〇〇八七
香港經銷／一代匯集
香港九龍旺角塘尾道六十四號龍駒企業大廈十樓 B&D 室
電話：（八五二）二七八三—八一〇二
傳真：（八五二）二五八二—一五二九
新馬經銷／城邦（馬新）出版集團 Cite（M）Sdn. Bhd.
E-mail: cite@cite.com.my
法律顧問／王子文律師　元禾法律事務所
台北市羅斯福路三段三十七號十五樓
二〇二三年八月一版一刷

版權所有・翻印必究
■本書若有破損、缺頁請寄回當地出版社更換■

TANTEI HA MO, SHINDEIRU. Vol. 8
©nigozyu 2023
First publish in Japan in 2023 by KADOKAWA CORPORATION, Tokyo.
Complex Chinese translation rights arranged with KADOKAWA CORPORATION, Tokyo.

■中文版■

郵購注意事項：
1.填妥劃撥單資料：帳號：50003021戶名：英屬蓋曼群島商家庭傳媒(股)公司城邦分公司。2.通信欄內註明訂購書名與冊數。3.劃撥金額低於500元，請加附掛號郵資50元。如劃撥日起 10～14日，仍未收到書時，請洽劃撥組。劃撥專線TEL：(03)312-4212 ・ FAX：(03)322-4621。E-mail：marketing@spp.com.tw